Silvia Meerboth

Nasty Girl – Erleuchtung mit Hindernissen

Autobiografischer Roman

Was, wenn überhaupt nix falsch daran ist?

Was, wenn du total richtig bist? Blau ist das neue Cool ☺

Happy Nikolaus
Deine Mentorin
und Freundin
Silvia Meerboth

Ähnlichkeiten mit Institutionen und/oder noch lebenden Personen sind rein zufällig und von der Autorin nicht beabsichtigt.

© 2019 Silvia Meerbothe
Umschlaggestaltung: Cashima Shiva
Lektorat: Ilke Ettemeyer

Verlag und Druck:
tredition GmbH
Halenreie 40-44
22359 Hamburg

All rights reserved.

ISBNs:
978-3-7482-3618-4 (Paperback)
978-3-7482-3619-1 (Hardcover)
978-3-7482-3620-7 (E-Book)

Inhalt

Zu Eng	5
Kein Honig mehr im Kopf	6
Die Angst vor der Angst	8
Das dunkle Tal	12
Licht am Horizont	13
Überzeugungen	14
Es regt sich was	16
Cap Corse	18
The missing Link	24
Klein und Groß	28
Tal der Tränen	31
Ein Rückblick mit Echo	33
Eine Reise nach Irland	36
Von Schmetterlingen und Schafen	38
Von Saiten und Saiten	40
Von echt heißem Tee und Ankommen	42
Von Erkenntnissen und Entscheidungen	44
Von Energie und Zündspulen	47
Entscheidungen	49
Ein neues Universum	52
Greenhorns	54
Gesprengte Ketten	56
Deftig und Gut	59

Hin und wieder zurück – Keine Geschichte von Hobbits	60
All Inclusive – Inclusive Buddie	63
Dammbruch	67
Dissonanz	69
Coaching-Special	70
Der Tag der Wahrheit	72
Ritus	74
Maskenball	75
Zwillinge	79
Ende ohne Schrecken	81
Alltag mit Unterbrechungen	84
Seminare und Sex	86
Neue Freiheit	88
Seminarjunkie	90
Hellsehen oder so ähnlich	93
Déjà-vu	96
Irische Klänge	99
Hollywood, oder the Oscar goes to…	102
Phoenix oder auferstanden von den Toten	105
Erleuchtung mit Hindernissen	107
Schläge auf den Hinterkopf…	114
Nachwort der Autorin	118

Zu Eng

Atmen. Ich wollte einfach nur atmen. Mich lebendig fühlen. Doch mein Leben ließ mich nicht. Eingefahrene Gleise. Dazu die Trägheit, die sich in meinen Geist geschlichen hatte. Betäubungsmitteln sei Dank. Mit dem Herrn Gemahl ging ich häufig aus. Immer die gleichen Bühnen, immer die gleichen Figuren. Oft träumte ich von Abenteuern. Die erlebte ich im Kino. Ich hatte das Gefühl innerlich vor mich hin zu faulen. Doch wagte ich nur selten zu erwähnen, dass mir der Pepp in unserem ach so schönen Leben fehlte. In mehr als einer Hinsicht. Sprach ich es an, wurde ich nicht verstanden. Meine Worte trafen auf Ohren. Und verpufften. Die Wahrnehmung des Herrn Gemahl war eine andere: »Ist doch alles prima.« Ja, materiell waren wir fein ausgestattet. Alles, was landläufig zum Glücklichsein nötig ist: Haus, Autos, Geld. Ich zählte neununddreißig Jahre. Während andere begannen sich auf die Rente vorzubereiten, beschloss ich, dass sich etwas ändern musste, bevor ich in den Ruhestand gehen würde…

Kein Honig mehr im Kopf

Die erste drastische Veränderung war mit dem Kiffen aufzuhören und keinen Alkohol mehr zu trinken. Ich war mit dem Herrn Gemahl in Zandvoort / Holland, als ich, um zwanzig Minuten vor Mitternacht, entschied, dass mit meinem vierzigsten Geburtstag das Vernebeln meiner Sinne ein Ende haben sollte. Und so tat ich. Von da an trank ich in der Kneipe Espresso und heiße Zitrone. Was ich nicht bedacht hatte: Mein Umfeld reagierte zum Teil mit argem Gegenwind. Mit mir sei ja nichts mehr los. Ich sei langweilig und eine Spaßbremse, wurde da von vermeintlichen Freunden verlautbart. Das war krass. Auch hatte ich in der Kneipe nicht mehr so viel Sitzfleisch, da mir die Gespräche mit zunehmendem Alkoholkonsum der anderen Besucher einfach zu läppisch wurden. Also zog es mich meist früher nach Hause als den Herrn Gemahl, was wiederum bei diesem für Unmut sorgte. Denkste! Mal einfach so meine Gewohnheiten ändern, war gar nicht so leicht. Egal! Ich blieb dabei. Ich verschrieb mich dem Sport. Und bekam damit ein neues Umfeld. Fünf Tage die Woche, Minimum, trieb es mich zum Spinning in den Sporttempel. Hier fühlte ich mich frei. Und hier fand man meine Entwicklung von der Megakifferin zur Sportskanone richtig gut. Ich badete in der Anerkennung. Meine neue Droge:

Sport. Ich fuhr Spinning-Marathons. Erst vier, dann sechs, dann acht Stunden. Ich sportelte mich in Grund und Boden. Zuerst streikte mein Körper. Ich war ständig leicht krank. Meine Ausdauer sank, statt sich zu verbessern. Und dann kamen die Panikattacken.

Die Angst vor der Angst

Ich fuhr mit Fahrgästen auf der Autobahn, unterhielt mich angeregt mit den Menschen, die von mir zum ICE gebracht werden wollten. Die Sonne schien. Auf einmal war es da: Das Gefühl, den Boden unter mir nicht mehr zu fühlen. Enge in der Herzgegend. Ich spürte meinen Puls im Hals flattern. Mein Mund wurde trocken, meine Hände feucht und mein Gesichtsfeld wurde eng. Ich schnappte kurz nach Luft und dachte: Du kannst jetzt hier nicht schlappmachen. Die fahren ja nie wieder mit einem Taxi. Die Unterhaltung stellte ich ein, ohne ein Wort der Erklärung. Ich musste ja atmen. So fuhr ich weiter. Atmete mich runter. Das lief eher instinktiv, als dass ich das bewusst getan hätte. Nachdem ich meine Fahrgäste sicher abgeliefert hatte, fuhr ich zurück. Alles war wieder in Ordnung. Trotzdem fuhr ich erst mal in die City, streifte durch die Geschäfte, um mich abzulenken. In einem großen Kaufhaus der nächste Anfall. Als er nachließ, ging ich zu meinem Taxi und fuhr ins nächste Krankenhaus. Untersuchung auf Herzinfarkt. Der Tod meines Vaters kam mir in den Sinn, doch die Ergebnisse waren negativ. Ob ich viel Stress hätte, fragte mich die junge Ärztin. Ich verneinte. Meine Existenzängste kamen mir hier nicht in den Sinn. Ich fuhr nach Hause und legte mich ins Bett. Von da an häuften sich die Anfälle.

Erst, wie zu Beginn, auf der Autobahn. Es kamen Attacken während der Einschlafphase dazu. Dabei saß ich im Bett, als wäre ich gerade vorm Ertrinken gerettet worden. Dann auch beim Sport. Ich hatte ständig Angst davor, dass mich der nächste Anfall überrascht. Bald stand ich morgens nicht mehr auf. Gab immer mehr Schichten ab. Lag im dunklen Schlafzimmer. Jetzt kamen Stimmungsschwankungen dazu. Morgens Hochstimmung und gegen Abend Tränen. Ich verstand mich selbst nicht mehr. Keine Erklärung zu haben, machte die Sache nicht leichter. Trotzdem ging ich weiter zum Sport. Eine Sportkollegin brachte mich auf die Idee, meine Schilddrüse untersuchen zu lassen. Bingo! Hashimoto. Eine Autoimmunerkrankung, bei der die Schilddrüse angegriffen und geschädigt wird. Das ließ sich mit Medikamenten eindämmen. Ich wähnte mich in Sicherheit. Anfangs ging es mir tatsächlich besser. Die Stimmungsschwankungen ließen nach. Doch die Panik, die war hartnäckig. Eines Tages brachte mich der Herr Gemahl auf meinen eigenen Wunsch ins Notfallzentrum der Uni-Klinik, als es wieder so weit war. Sie legten mir einen Zugang, weil man einen Herzkatheter legen wollte. Doch meine Werte sprachen wieder einmal dagegen. Das kannte ich bereits. Aber: Ich wurde an die Kardiologie verwiesen. Die machten einen großen Rundumcheck. Dazu gehörte auch ein Langzeit-EKG. Ich war so wütend! Auf meinen

Körper. Auf die Panikattacken. Darauf, dass mir auf diese Weise meine Lebensqualität versaut wurde. Verkabelt wie ich war, zog ich morgens wutschnaubend meine Laufsachen an. Fuhr in den Wald. Ich wollte es wissen. Wenn wirklich etwas am Herzen wäre, würde ich es JETZT herausfinden. Ich absolvierte ein HITT-Training. Die heftigste Trainingsform, die ich zu dieser Zeit kannte. Dabei wird der Körper in absolute Grenzbereiche getrieben. Ich rannte wie eine Irre. Bis ich wirklich keine Luft mehr bekam. Was soll ich sagen? Ich schreibe gerade dieses Buch. Ich bin also nicht gestorben bei der Aktion. Der Kardiologe folgte meinem Bericht, während er das EKG studierte. Er schaute mich an und erklärte mir, mit meinem Herzen sei alles in Ordnung. Alle anderen Untersuchungen hatten ebenfalls nichts Ungewöhnliches ergeben. Ich sei einfach sehr körpersensibel und würde deshalb die Extrasystolen (das sind Herzschläge, die zwischen den normalen Herzschlägen stattfinden) extrem wahrnehmen. Die hätten alle Menschen. Nur würden andere die eben nicht bemerken. So einfach!? Und ich stand Todesängste aus? OK. Ich traf eine Entscheidung. Ich würde diese Extrasystolen jetzt einfach begrüßen, wenn sie auftraten. Und das tat ich auch. „Hallo! Da seid Ihr ja wieder. Geht's Euch gut?", fragte ich, wenn sie auftraten. Damit war ich die Angst vor der Angst schon mal los. Doch das wahre Wunder sollte noch kommen und wird in diesem Buch an anderer Stelle erzählt.

Das dunkle Tal

Nachdem ich einen Weg gefunden hatte, mich mit meiner Panik zu arrangieren, ging es eine ganze Weile bergauf. Doch dann senkte sich Schwermut auf mein Herz. Ich war dauernd traurig, hatte keinen Antrieb morgens aufzustehen, geschweige denn, am Abend etwas zu unternehmen. Ich suchte Halt bei meinen Freunden, doch auch für die wurde es langsam anstrengend, sich immer wieder anzuhören, wie es mir ging. Der letzte Rat, den ich bekam, war, mir professionelle Hilfe zu suchen. Ich saß in meinem Büro. Die Haut um meine Augen war schon wund, weil ich seit zwei Wochen fast ununterbrochen geheult hatte. Die letzte Freundin hatte sich gerade aus meinem Leben verabschiedet. Zu intensiv war mein Bedürfnis nach Aufmerksamkeit und Trost geworden. Im Wohnzimmer im Erdgeschoss lief der Fernseher und ich hörte den Herrn Gemahl mit dem Kater sprechen. Für ihn war das auch nicht leicht. Waren Depressionen eigentlich ansteckend? Eine Woche noch. Eine Woche, von der ich nicht wusste, wie ich sie rumkriegen würde, bis meine erste Therapiesitzung stattfinden sollte, zu der ich mich endlich(!) durchgerungen hatte. Ich war am Ende meiner mentalen Kraft angelangt. Im Taxi saß ich nur noch mit Sonnenbrille, egal wie düster der Tag draußen war. Die Fahrgäste sollten mein verheultes

Gesicht nicht sehen. Depressionen hatten schließlich nur andere. Ich war Mrs. Sunshine. Immer schön lachen. Bloß keine Schwäche zeigen. Die Woche tropfte zäh dahin und endlich kam der Freitagabend. Der Tag der ersten Sitzung.

Licht am Horizont

Die Sitzung ging lange. Dreieinhalb Stunden. Ich erzählte von meiner Vergangenheit, der Schule, den sexuellen Übergriffen, dem Drogenkonsum, meiner Ehe, meiner Fixierung auf Einzelpersonen, meiner Autoimmunerkrankung, den Panikattacken. Alles, was mir relevant erschien, packte ich der Therapeutin auf den Tisch. Frau K, so nenne ich die Therapeutin hier, arbeitete mit verschiedenen Formaten. Nach dieser ersten Sitzung ging es mir schon besser. Ich fühlte mich leichter und schöpfte Hoffnung, dass ich doch noch zu retten sei. Eineinhalb Jahre nahm die lösungsorientierte Kurzzeittherapie ein. Alles selbst bezahlt. Und sie war der Beginn einer Reise. Die Reise hieß leben, lernen, lieben, lehren.

Überzeugungen

Ich hatte viel geschafft und allen Grund mich gut zu fühlen. Den Drogen abgeschworen, die Depression hinter mir gelassen. Mein Leben ging endlich seinen gewohnten Gang. Meine Panikattacken störten mich nicht mehr wirklich. Ich wusste ja inzwischen, dass ich weder ohnmächtig noch daran sterben würde. Körperlich fehlte mir, bis auf den Hashimoto, nichts, also hatte ich sie an- und ihnen damit ihre Macht genommen. So fuhr ich weiter Taxi, ging einmal im Monat zu meiner Psychologin, zum Sport und lebte meinen Alltag. Ab und zu ein Cycling-Marathon. Wochenenden in unserem Bus, auf dem Campingplatz, brachten mir Entspannung. Im Prinzip war alles gut. Ich hatte einen lieben Mann, gemeinsam besaßen wir ein Haus, diverse Fahrzeuge. Man kann sagen, wir waren wohlhabend. Wir fuhren mit Freunden auf Festivals. Wir hatten Spaß. Flogen in den Urlaub. Und trotzdem! In mir war so etwas wie ein schwarzes Loch. Egal womit ich es zu füllen suchte, es blieb. manchmal riesengroß, manchmal war es fast nicht zu bemerken. Ich fuhr zu Auszeit-Wochenenden zum Meditieren, meditierte zu Hause. Das machte mich ruhiger. Aber erfüllt war ich trotzdem nicht. Ich begann zu joggen, um festzustellen: Auch nicht wirklich das, was das

Loch zu füllen vermochte. Immer öfter hatte ich das Gefühl, eine Fremde in meinem eigenen Leben zu sein. Die Psychologin half mir auch nicht mehr weiter. Somit entschied ich, sie nicht mehr aufzusuchen. Es kam der Tag, an dem mir auffiel, dass die Panikattacken immer dann auftraten, wenn ich mir Gedanken darüber machte, was wohl passieren würde, wenn dem Herrn Gemahl was zustieße. Wäre ich alleine überhaupt lebensfähig? Ich steigerte mich rein. Eine Spirale, aus der ich nicht herauskam. Existenzangst. Oft saß ich bei meiner Freundin Susanne, erzählte ihr von meiner Sorge. Und von meiner tiefen Überzeugung, dass mir ein wichtiger Entwicklungsschritt fehlte. Schließlich hatte ich noch nie alleine gewohnt und auf eigenen Füßen gestanden. Ich war gleich von meinem Vater zum Herrn Gemahl ins Haus gezogen. Woher sollte ich wissen, wie alles funktioniert? Nach außen gab ich weiter die Fröhliche, Selbstbewusste, doch innen fühlte ich mich klein wie eine Maus.

Es regt sich was

Der Herr Gemahl und ich beschlossen, nach Korsika zu fliegen. Dort angekommen, fuhren wir mit dem Mietauto vom Flughafen zu unserem Hotel. Schon die Anfahrt war gespickt mit wundervollen Panoramen. Ich fühlte mich entspannt und war ganz neugierig darauf, mehr von der Insel zu sehen. Auch meine Wandersachen hatte ich im Gepäck. In den nächsten Tagen erkundeten wir die Insel mit dem Auto, um uns einen Überblick zu verschaffen. Wir fuhren zu den Dörfern oben in den Bergen und frönten der korsischen Küche. Abends saßen wir im Restaurant am Hafen, nahe des Hotels und ließen die Abende ausklingen. Gegen Ende des Urlaubs zog es uns nochmals in Richtung Berge. Auf der Fahrt hinauf entdeckte ich einen Wanderweg, der mir sehr einladend erschien. Ich sagte, dass ich diesen erkunden wolle, wir könnten uns ja unten wieder treffen. Der Gemahl entschied jedoch, das sei zu gefährlich für mich und fuhr einfach weiter. Ich war baff. Hatte er gerade darüber entschieden, was ich zu tun und zu lassen hätte. Wut stieg in mir auf. Steigerte sich mit jeder Stunde, was ich aber für mich behielt. Ich hätte platzen können! Abends, zurück im Hafen. Live Musik spielte und ich war immer noch sauer. Ich kippte ein paar Pernot, bis wir schließlich zurück zum Hotel wanderten. Ich schwieg vor mich hin. Wir gingen schlafen. Mitten in der Nacht wurde ich wach, saß aufrecht im Bett. So ging das nicht. Ich wollte selbst über mein Leben bestimmen. Am nächsten Morgen beim Frühstück, rückte ich endlich damit raus, wie es mir ging. Dass ich mich bevormundet fühlte. Und dass ich entschieden hätte, sobald wir zu Hause seien, gleich noch mal Korsika zu buchen. Alleine. Bumms! Ich war anscheinend sehr bestimmt, denn es gab keinen Widerspruch. Wenngleich ich bemerkte, dass das dem Herrn Gemahl nicht schmeckte. So kam es, dass ich das erste Mal alleine in ein Land flog, dessen Sprache ich nicht ansatzweise beherrschte. Überhaupt das erste Mal alleine in Urlaub flog. Aus purem Trotz heraus. Zurückrudern kam nicht in Frage.

Cap Corse

Derselbe Flughafen. Dieselbe Autovermietung. Dieselbe Anfahrt, die auch dieses Mal meine Augen mit ihren Panoramen erfreute. Derselbe Ort. Dasselbe Hotel. Und trotzdem war alles anders. Erstens: Es war Oktober. Die Restaurants im Hafen waren fast alle geschlossen. Zweitens und wichtiger: Ich war alleine. Ich konnte tun und lassen, was ich wollte. Beim Check-in nahm mich der Patron des Hotels in Empfang. Er war sehr charmant, gab mir ein Luxuszimmer, das riesig war und einen großen Balkon hatte. Auch ließ er es sich nicht nehmen, meinen Koffer dorthin zu bringen. Mein Französisch war quasi nicht vorhanden (wie auch nach vier Wochen Sprachkurs!). Doch stellte sich heraus, dass der gute Mann zehn Jahre mit einer Deutschen verheiratet war. Hier war die Verständigung also gesichert. Obwohl ich nur drei Nächte gebucht hatte, gewährte er mir die Halbpension, deren Menüfolge es eigentlich erst ab sieben Nächten gab. Ein echtes Gedicht. Languste. Das erste Mal in meinem Leben, dass ich das genießen durfte. Mag sein, weil ich abends mit ihm gemeinsam in der Hotelbar saß und gediegen Pernot trank. Als er hörte, dass ich drei Tage wandern wollte, erklärte er mich für verrückt. Er würde alles mit seinem Porsche Panamera zurücklegen oder mit seinem Boot. Den Porsche wollte er mir unbedingt zeigen und ich musste herzlich lachen, als ich in die Karosse stieg. Wie bei meinem Vater: Asche in der Mittelkonsole und total verqualmt die Karre. Auch von außen sah man: Das war nicht nur zum Angucken. Dieses Auto war ein Gebrauchsgegenstand. Irgendwie wurde mir Jean immer sympathischer. Er hatte viel Ähnlichkeit mit meinem alten Herrn, mit dem dicken Bauch und dem runden Gesicht. Auf jeden Fall hatten wir einen guten Draht zueinander. Nach der Vorführung seiner Karosse lud Jean mich auf weitere Pernot ein. Ich trank mehr als gut für mich war und wankte später am Abend ins Bett. Das war ja Urlaub und ich hatte beschlossen, meine Abstinenz für die Zeit aufzuheben. Ausnahmen bestätigen die Regel. Das Erwachen am nächsten Morgen mit Katerstimmung, im Kingsize-Bett. Mir war übel und mein Kreislauf wollte nicht in Gang kommen. Klasse! Ich wollte doch wandern. Das wäre es noch. Nach Korsika reisen, mich abschießen und den Urlaub im Bett verbringen. Ich schleppte mich zum Frühstück und am späten Vormittag brach ich endlich auf. Nach einer Beschreibung, die ich abends von Jeans Frau bekommen hatte, musste ich zum ersten Dorf, das bergauf lag. Dort sollte der Wanderweg ganz leicht zu finden sein. Ich fand ihn nicht. Also lief ich weiter die Straße entlang. Eine Karte besaß ich nicht, ließ mich von meinem Gefühl leiten. Mir war warm, ich hatte Nachdurst. Als ich schon nicht mehr wusste, wo ich war, ging es wieder bergab. Es war bereits Nachmittag. Also gab ich mich der Straße hin und da tauchte er auf: der Wanderweg, der eigentlich schuld daran war, dass ich hier alleine über die Straße tapste. Ich wischte von der Straße runter auf den Weg, der in ein Waldstück führte. So hatte ich mir das vorgestellt. Es gab Passagen, an denen ich etwas klettern musste, manchmal war der Weg nicht gut zu erkennen. Glück stieg in mir auf. Immer tiefer ging es in den Wald hinein, bis ich an eine Kapelle kam, aus der Bäume wuchsen. Das Dach war weg, nur die Grundmauern standen noch. Dieser Ort fühlte sich besonders an. Ein tiefes Gefühl der Ruhe breitete sich in mir aus. Der Kater war vergessen. Ich rastete. Nach einer Weile ging ich weiter. Bis Macinaggio, so hieß der Ort, wo ich wohnte, war es noch ein Stück. Nachdem ich eine Wiese gequert hatte, kam ich an eine Allee, deren Bäume seltsam anmuteten. Die Rinde löste sich vom Stamm und lag überall am Boden. Platanen waren es nicht. Die kannte ich von zu Hause. Bei näherer Betrachtung erkannte ich, es handelte sich um Korkeichen. Die hatte ich auch noch nie in natura gesehen. Ich schnupperte an ihnen, befühlte sie, fasziniert wie ein Kind. Ein heftiges Kribbeln des Übermutes füllte meinen Bauch und ich hüpfte grinsend die Allee hinunter. Mit jedem Hüpfer grinste ich breiter.

Das Leben war schön! Nach einer Weile erreichte ich, durstig und hungrig, Macinaggio. Am Abend erzählte ich Jean und der Bardame des Hotels, was ich unternommen hatte. Wieder erklärte der Patron mich für verrückt. Der zweite Wandertag: Cap Corse. Ich nahm den Zöllnerweg, der, über Trampelpfade und durch die Macchia die Steilküste entlang, ums Cap führte. Diesen Weg war ich morgens oft ein Stück entlang gejoggt, als ich mit dem Herrn Gemahl hier war. Teilweise war er recht unwegsam. Es gab einiges zu entdecken. Eine weitere Kapelle, die gerade restauriert wurde, mit einem tiefen Brunnen vor der Tür. Freilaufende Kühe am Strand. Alte verwitterte Wachtürme, die im Meerwasser standen. Eine große, grüne Gottesanbeterin, die sogar Modell für ein Foto stand. Dieser Weg war nicht so einsam wie der Weg am Tag zuvor. Da waren mir selbst auf der Straße weder Autos noch Menschen begegnet. Hier wechselte ich mich mit einer Wandergruppe im Überholen ab. Rastete ich, überholten sie mich und umgekehrt. Angeführt wurden sie von einem durchtrainierten, sehnigen, braun gebrannten, schon grauen Mann in Tarnhosen. Nach circa zehn Kilometern entschloss ich mich, auf der nächsten Kuppe kehrt zu machen. Als ich sie erreichte, stand da die Wandertruppe und wir kamen ins Gespräch. Die Leute waren aus Paris angereist und hatten den drahtigen Menschen, er war gebürtiger Korse, als

Wanderführer engagiert. Für mich sah er aus wie ein Fremdenlegionär. Er hatte stechend blaue Augen, in einem wettergegerbten Gesicht. Die Gruppe entschied, sie würden den Rest, bis zum nächsten Ort, alleine gehen. Der Graue verabschiedete sich und joggte (!) los, Richtung Macinaggio. Die Pariser verabschiedeten sich ebenfalls und ich machte kehrt, Richtung Hotel. Weiter vorne lief der Graue, was mich animierte, es ihm gleich zu tun. Im Lauftraining gibt es ein Spiel, das Fahrtspiel, das dafür sorgt, dass einem das Laufen nicht lang wird. Dazu sucht man sich eine Person weiter vorn und versucht diese einzuholen. Genau das tat ich jetzt. Ich joggte hinter dem Grauen her. Immer wenn ich auf einer Kuppe ankam, war er bereits unten am Strand. Erreichte ich den Strand, war er auf der nächsten Kuppe zu sehen. Kurz vor Macinaggio war er verschwunden. Und ich war zehn Kilometer über Stock und Stein gelaufen. Gejoggt! In Barfußschuhen, mit Rucksack. Mächtig stolz berichtete ich abends wieder Jean und der Bardame. Was soll ich sagen? Der Patron erklärte mich, natürlich, ein weiteres Mal für verrückt. Am vierten Tag entschied ich, nicht zu wandern, sondern in die Berge zu fahren. Die Muskeln schmerzten von meiner Laufaktion am Vortag. Abends saß ich ein letztes Mal mit meinem Patron auf der Terrasse der Bar. Am nächsten Tag ging es zurück nach Hause, zum

Herrn Gemahl und in den Alltag. Ich war versöhnt mit meinem Leben und stolz, dass ich es gewagt hatte, alleine in Urlaub zu fliegen. Damit hatte ich mir selbst ein großes Geschenk gemacht. Ich war selbstsicherer geworden. Der Ehrlichkeit halber gebe ich zu, dass ich es ein kleines bisschen vermisst habe, die Eindrücke direkt beim Erleben mit jemandem zu teilen. Aber: Ich hatte mich durchgesetzt. Das zählte für mich.

The missing Link

Woran merkt man eigentlich, dass einem etwas fehlt? Obwohl ich alles hatte (an Material), fehlte mir etwas. Mir fehlte die Würze in meiner Beziehung und in meinem Leben. Das schlug sich darin nieder, dass ich mich immer öfter in Männer verliebte, die irgendwie besonders waren. Besonders erfolgreich, besonders abgehoben, besonders geheimnisvoll. Besonders blöd ließ ich aus. Eines hatten sie alle gemeinsam: Sie waren vergeben, sprich: Es drohte keine Gefahr. Außerdem hätte ich nicht gewagt den Herrn Gemahl zu verlassen. Warum auch? War doch nur Kopfkino. Ich dachte, das sei normal und kämpfte mit der Hitze in meinem Schoß. Sobald wieder so ein Exemplar von Mann meinen Dunstkreis passierte, war ich entflammt. Und zwar so, dass mich die Sehnsucht nach der Erfüllung meiner Fantasien manches Mal fast in den Wahnsinn trieb. Meine Libido kochte wie ein Vulkan. Wohin mit so viel Geilheit? Im ehelichen Bett gestand ich mir jedoch nicht zu, meine Fantasien kundzutun. Meine Vergangenheit, alte, verranzte Glaubenssätze und die tiefe Überzeugung nicht begehrenswert zu sein, ließen mich lieber weiter leiden. Und mehr als einmal selbst Hand anlegen, um wenigstens ein bisschen Erleichterung zu erfahren. Auch der Sport half. Da konnte ich mich auspowern. Ich verschlang die Bücher eines deutschen Bestsellerautors und fand in ihm einen Leidensgenossen, wenngleich er dieses Leid bereits hinter sich gelassen hatte. Der Glückliche! Allerdings erfuhr ich auf die Art, dass dieser verklemmt-geile Zustand alles andere als die Norm war. Zwischenzeitlich hatte das Schreiben Einzug in mein Leben gehalten. Ich hatte begonnen, ein Blog zu schreiben. Das erfüllte mich und half mir, mich selbst zu reflektieren. Zudem gewann ich schnell einige Leser für mich, denen meine Reflexionen, nach ihrer Aussage auch weiterhalfen. Das spornte mich an, mehr zu schreiben, und ich wurde immer besser. Da las ich, dass besagter Autor eine Schreibwerkstatt veranstalten würde. Ich bewarb mich und wurde tatsächlich als eine von sechzehn aus siebzig Bewerbern ausgewählt. Ich war total aus dem Häuschen. Schreiben konnte ich. Doch ich wollte noch besser werden. Und jetzt würde ich vom Maestro persönlich lernen! Es gab Hausaufgaben. Sechs Wochen schrieb ich jeden Tag an meinen Texten, feilte hier, feilte da. Und endlich hatte ich etwas, meiner Meinung nach Tolles zustande gebracht. Ich wollte ihn vom Sessel fegen mit meiner Schreibe. Dann war es soweit: der fünfte November! Ich setze mich in mein Taxi und rauschte Richtung Schwarzwald, wo das Seminar stattfand. Herrschaftszeiten, war ich aufgeregt! Ich sang laut zur Musik, fühlte mich frei.

Hach, war ich eine Rebellin! Tagträumend auf der Autobahn, sah ich mich schon Lesungen halten, aus meinem Buch, von dem ich weder Inhalt noch Titel kannte. Egal, Hauptsache berühmt sein, Menschen begeistern, reisen, Lesungen. Ich erreichte Heidelberg. Bald wand sich die Straße in Serpentinen die Berge hinauf. Rechts und links standen in unregelmäßigen Abständen Holzschilder, die alemannische Worte erklärten. *Verschnuufeckli* war eines davon. Alleine dieses Wort, welches einen Platz zum Ausruhen und Durchatmen (verschnuuf = verschnaufen) meint, war die Reise wert. Zehn Minuten nachdem ich den Rastplatz passiert hatte, grinste ich immer noch über beide Backen. Weiter ging es. Nahm der Berg auch mal ein Ende? Vom Hirschsprung ging es immer weiter bergan, danach über ein Plateau. Ich schaute nach links und konnte den Blick nicht mehr losreißen. Was für ein Panorama! Ich befand mich über dem Nebel, den ich vorher durchfahren hatte. Oder waren es Wolken? In der Ferne erhoben sich die Alpen, gleißend weiße Gipfel im Sonnenlicht. Staunend vergaß ich, dass ich mich im Auto, im Verkehr befand. Ich hatte noch nie zuvor die Alpen gesehen. Fotos und den Blick aus dem Flugzeug nicht mitgerechnet. So majestätisch! Das war wahrlich ein Augenöffner. Endlich richtete ich den Blick wieder auf die Straße. Huch! War der Milchlaster vorher auch schon da? Ich bremste ab, um den Abstand zu vergrößern. Es war nicht mehr weit. Bald würde ich den Maestro persönlich kennenlernen. Herrje! Mir war ganz plümerant im Bauch. Die Pension, in der das Seminar stattfand, lag in einem idyllischen Tal und hatte eine große Veranda. Allerdings war niemand da. Seltsam. Ich hockte mich auf einen der Stühle und wartete. Nach einer halben Stunde rollte ein roter SUV auf den Hof der Pension. Vier Leute stiegen aus. Die Fahrerin, Marianne, stellte sich als Inhaberin der Pension vor und eröffnete mir, dass ich in einem anderen Haus untergebracht sei, im Nachbarort. Die anderen drei entpuppten sich, wie ich, als Teilnehmer des Seminars. Ich begab mich zu meinem eigentlichen Domizil. Auch hier: Keiner da. Mittagspause. Hier tickten die Uhren noch anders als in Bonn, wo die Mittagszeit schon lange abgeschafft war. Müde von der Fahrt, drehte ich den Sitz im Auto herunter und schlief eine Weile, bevor ich endlich mein Zimmer beziehen konnte. Zum Abendessen fuhr ich wieder zurück zum Seminarort. Inzwischen waren alle eingetroffen, auch der Meister.

Klein und Groß

Beim Seminar war es vorgesehen, dass wir gemeinsam aßen und so taten wir es auch. Der Maestro fragte viel, beantwortete auch selbst unsere Fragen. Unsere ist gut. Ich traute mich nämlich nicht, Fragen zu stellen. Am Abend gab es eine Lesung. Danach strebten viele zu ihm hin, unterhielten sich locker mit ihm. Nur ich nicht. Ich fühlte mich klein. Unwürdig. Das durfte einfach nicht wahr sein. Da war ich meinem Idol so nah und hatte die Hosen voll. Toll! Wir waren ein interessanter Haufen. Vom Journalisten über den Beamten bis zu mir, der Taxiunternehmerin, war vieles vertreten. Vier Tage lagen noch vor uns. Während des Seminars hatte ich keine Schwierigkeiten, mich einzubringen, meine Meinung zu äußern und Fragen zu stellen. Nur an IHN alleine herantreten, nein, das ging nicht. Ich war schon eine echte Heldin. Typisches Sockelsyndrom. So nenne ich es heute, wenn Menschen überhöht werden, obwohl sie genauso bluten wie du und ich. Ein absolutes Highlight dieser Tage war für mich die Bekanntschaft mit Petra. Die gebürtige Fränkin lebte in England, wo die Liebe sie hin gespült hatte. Wir spazierten in der Gegend rund um die Pension und erzählten uns Erlebnisse aus unseren Leben, wobei wir viele Gemeinsamkeiten feststellten. Mit ihr war ich auf einer Schwingungsebene. Zudem bildeten wir eine Fahrgemeinschaft, da wir in der gleichen Pension residierten. Auf unserer morgendlichen Hinfahrt zur Werkstatt sangen wir lauthals *Wake me up* von Avicii. Danach waren wir fit für den Unterricht. Die nächsten Tage ging es an unsere Hausaufgaben. Alle gaben ihre Geschichten zum Besten, um sich dann die Verbesserungsvorschläge des Meisters anzuhören. Ich wurde zusehends nervöser. Ich hörte all die Stories und Zweifel nagten an mir und der meinigen. Ich dachte darüber nach sie abzuändern. Sie war so anders. Mir war mulmig zumute. Am vierten Abend gab es etwas Besonderes: Der Meister hatte einen Freund eingeladen, für uns Musik zu machen. Ich war hin und weg. Keltische Klänge und Gesang. Ich war beeindruckt, wie dieser Barde mit seinen Instrumenten umging. Ich komme aus einer Musikerfamilie. Wenn jemand es schaffte, mich mit seiner Musik zu berühren, war ich sein Fan. Natürlich kaufte ich eine CD und unterhielt mich mit diesem Könner. Richard erklärte mir die Instrumente, die mir noch unbekannt waren. Später zog er von dannen, ich fuhr in meine Unterkunft und schlief selig ein, noch ganz erfüllt von der Musik, die ich gehört hatte. Der fünfte und letzte Tag! Meine Nerven lagen blank. Heute war ich dran. Ich hatte dem Drang, meine Geschichte zu ändern, widerstanden. Als Vorletzte durfte ich endlich meine Seelenrückschau (so hieß mein Werk) vortragen. Ich reichte die Kopien herum, damit alle mitlesen konnten. Mein Mund war trocken wie die Wüste Gobi und ich hatte das Gefühl mir gleich in die Hose zu machen. Wie konnte man nur solche Angst haben? Ein Blick des Meisters auf das ihm gereichte Blatt Papier. "Oh, was Lyrisches!" Oh je! Musste ich wieder aus der Rolle fallen? Alle anderen hatten eine Geschichte geschrieben, aber ICH musste ja ein GEDICHT schreiben. Innerlich klein, richtete ich mich in meinem Stuhl auf und begann zu lesen. Als ich endete, geschah das für mich Unfassbare: Ich bekam Applaus. Damit hatte ich nicht gerechnet. Erst mal froh, es hinter mich gebracht zu haben, rührte sich Stolz in mir. Ich glaube, ich wurde rot, denn mir wurde heiß ums Gesicht. Nun ging es an die Kritik. Nur zwei Verbesserungsvorschläge! Wow! Was für ein Ergebnis! Das erste Mal seit einer Ewigkeit hatte ich das Gefühl etwas richtig gut gemacht zu haben. Und das nur, weil ich den Mut gehabt hatte, mich für dieses Seminar zu bewerben und bei meinem Stil zu bleiben. Was lernte ich daraus? Sei mutig, bleib bei dir und du wirst belohnt!

Tal der Tränen

Die Rückfahrt vom Schwarzwald in die Heimat begann im Nebel. Petra fuhr bis Frankfurt mit mir, das sorgte für Kurzweil. Nachdem der Dunst sich verzogen hatte, reisten wir bei strahlendem Sonnenschein, imitierten den Maestro, erzählten uns mehr über unsere Leben und waren einfach glücklich. In Frankfurt verabschiedeten wir uns, lagen uns in den Armen und versprachen uns, in Kontakt zu bleiben. Ich fuhr zur nächsten Station in der Nähe von Mainz. Einem Bloggerkollegen hatte ich versprochen nach der Werkstatt zum Rapport zu erscheinen. Es gab Tee, Äppler und Schnittchen. Ich erstattete im Gegenzug Bericht. Gegen Mitternacht begab ich mich zu dem Hotel, das ich für die Zwischenstation gebucht hatte, und fiel ins Bett. Traumloser Schlaf. Am nächsten Morgen ging es zur letzten Etappe. Höhe Limburg, ich fuhr gerade in eines der vielen Autobahntäler der A3, überfiel es mich. Aus heiterem Himmel begann ich zu weinen. Ich konnte mich erstens nicht beruhigen und mir zweitens keinen Reim darauf machen. Da hatte ich wunderbare Tage mit tollen Menschen verbracht und jetzt Bäche von Tränen? Ich verstand die Welt nicht mehr, schaltete das Radio aus und wartete, dass der Strom versiegte. Danach fühlte ich mich leer. Bis zu Hause hatte ich mich wieder gefangen, der Gemahl erwartete mich. Auch ihm lieferte ich einen Bericht. Dann hatte der Alltag mich wieder.

Ein Rückblick mit Echo

Nach der Schreibwerkstatt ging es in großen Schritten Richtung Weihnachten und Jahresende. Die Tage wurden kürzer. Meine Schreibfertigkeit hatte sich verbessert. Ich schrieb immer mehr Blogartikel, sammelte Follower. Das Taxigeschäft hatte mich im Griff und das Taxiradio gab den Geist auf. Für mich ein Desaster, steckte doch die vom Barden auf der Schreibwerkstatt erworbene CD noch darin. Jeglicher Versuch sie zu befreien scheiterte. Verzweifelt schrieb ich Richard an, berichtete, dass seine CD leider verloren sei. Der Barde zeigte Herz: Er schickte mir eine neue. Geschenkt! Hach, was war ich froh! Am Silvesterabend verfasste ich einen Jahresrückblick, den ich auch, stolz auf meine Schreibe, an den Email-Verteiler der Schreibwerkstatt versandte. Ich weiß nicht, was ich erwartet hatte, ich bekam genau ein Echo: Von Richard, dem Barden. Er schrieb mir, wie sehr ihn mein Rückblick berührt habe, und berichtete gleichzeitig, dass er in Bälde nach Irland auswandern würde. Ui, Irland! Da wollte ich schon immer mal hin und gab ihm einen Wink, dass ich ihn gerne besuchen würde, wenn es so weit sei, dieses mystische Land zu bereisen. Er versprach, mir seine neue Adresse mitzuteilen. Tief drinnen war ich sicher, dass das nicht geschehen würde. Der Januar neigte sich dem Ende, als mich eine Mail aus dem Land der Kelten erreichte. Richard war tatsächlich ausgewandert und sandte mir seine Adresse. Wir hielten sporadisch Kontakt und erstatteten uns gegenseitig Bericht, was beim anderen so los war. Karneval kaufte ich mir ein Kostüm und schickte ihm übermütig ein Foto von mir als Waldfee. Am Abend war ich auf einer Karnevalsveranstaltung eingeladen. Viel Tamtam um mich herum, erreichte wieder mal die Schwermut mein Herz. Ich hatte immer noch keine Erklärung dafür gefunden. Da erreichte mich die nächste Mail aus Irland. Mit dem ganzen Grün würde dieses Kostüm super zum St. Patrick's Day passen, schrieb Richard. Und eh ich mich versah, war ich im März in Irland verabredet. Der Herr Gemahl war verständlicherweise überrascht. Und nicht besonders einverstanden, dass ich alleine zu einem Mann nach Irland reisen wollte, mit dem ich mich bisher nur kurz unterhalten hatte. Auf das Angebot, mich zu begleiten, ging er nicht ein. Schließlich würde er den Typ nicht kennen, war sein Argument. Doch meine Entscheidung stand. Ich hatte Lust, was Neues zu erleben. Ich wollte nach Irland. Punkt. Von da an schrieben wir uns regelmäßig. Mir erschien das völlig normal. Auch als die Mails immer romantischere Züge (von Elben und Feen) annahmen, machte ich mir keine Gedanken. Es kribbelte so schön im Bauch. Wir waren beide Poeten. Der Mann war sechzig. Was sollte denn bitte passieren? Ich wollte mich zeitlich nicht begrenzen, buchte den Hinflug, jedoch kein Rückflugticket.

Eine Reise nach Irland

Die Zeit verging langsam. Wie früher, wenn ich als Kind auf die Sommerferien gewartet hatte. Auf meiner Reise würde ich häufig umsteigen, daher legte ich mir einen Kofferrucksack zu. Fünfzehn Kilo konnte ich so schultern. Endlich war der Tag der Abreise gekommen. Der Herr Gemahl brachte mich zum Flughafen, wo ich spät abends die Maschine einer Billigairline bestieg, um kurz darauf gen Irland abzuheben. Mitten in der Nacht landete ich in Dublin, wo ich das erste Mal umstieg, um mich per Taxi zu einer Pension zu begeben, die Richard für mich gebucht hatte. Ich wurde herzlich empfangen, mit Tee und Keksen. Danach fiel ich müde ins Bett. Am nächsten Morgen stellte ich fest, dass ich die Zahnbürste vergessen hatte. An einer Tankstelle erstand ich eine neue. Beim Frühstück erklärten mir die Pensionsinhaber, wie ich mit dem Bus zum Bahnhof Dublin Heuston Station kam. Ich war nervös. Zu Hause fuhr ich nie mit öffentlichen Verkehrsmitteln. Hoffentlich war ich früh genug. Die beiden versicherten mir, es sei genügend Zeit, doch ich hatte Hummeln im Arsch. Also zog ich, nach warmer Umarmung zum Abschied, los zur Bushaltestelle. Dort stand ich eine halbe Stunde. Typisch deutsch! Erst später erklärte man mir, dass man in Irland auch mit zwanzig Minuten Verspätung immer noch pünktlich ist. Am Bahnhof wieder warten! Hier gab es, wie es schien, selbst bei der Bahn eine Mittagspause. Mein Zug würde erst in zwei Stunden fahren. Ich beschloss ab sofort mehr Ruhe walten zu lassen, besorgte mir eine Fahrkarte (auch problemlos) und hockte mich in ein Café. Ab jetzt war nicht mehr viel zu tun. Es gab viele erste Male, schon jetzt auf meiner Reise. Zu Hause fuhr ich nie mit dem Zug. Hier würden es gleich dreihundertdreißig Kilometer sein mit einmal umsteigen. Außerdem machte mich nicht nur die Reise nervös. Ich war ebenfalls aufgeregt ob der Begegnung mit Richard. Was, wenn wir uns nicht ausstehen konnten? Ich verwarf den Gedanken und bestieg endlich meinen Zug. Entspannung. Atmen. Das Umsteigen verlief ebenfalls ohne Probleme und ich traf pünktlich in Killarney ein. Dort wartete ER. Richard. Wir umarmten uns zur Begrüßung und in diesem Moment wusste ich, dass uns beide etwas gepackt hatte. Ich versuchte das Gefühl abzuschütteln, was mir nur unzulänglich gelang. Ich hatte Schmetterlinge im Bauch und Lust im Schoß. Keine guten Voraussetzungen, um mich zu beherrschen. Wollte ich mich überhaupt beherrschen? Ich war verwirrt.

Von Schmetterlingen und Schafen

Nachdem wir meinen Rucksack im Auto verstaut hatten, fuhren wir los. Siebzig Kilometer über enge, kurvige Straßen, auf denen mehr als einmal Schafe herumstanden und nur langsam Platz machten. An einem Waldstück machten wir Halt, damit ich mir endlich ein wenig die Beine vertreten konnte. So schlenderten wir durch das Waldstück an einem See entlang. Unsere Hände fanden sich. Mich durchlief ein Schauer. Die Schmetterlinge in meinem Bauch begannen heftig zu flattern. Das hatte ich ewig nicht mehr gefühlt. Nein! Ich wollte das nicht. Oder doch? Ich ließ wieder los. Wir wanderten zurück zum Auto. Währenddessen erfuhr ich, dass dieses Waldstück eine Seltenheit war, da die Engländer die meisten Bäume während ihrer Kolonialherrschaft abgeholzt hatten. Ich war erstaunt und fand die Aussage bestätigt, als wir weiter durch die Landschaft fuhren, über Ladies View zum Healy Pass. Grüne Moorwiesen, die sich über Hügel, Berge und Täler erstreckten. Keine oder fast keine Bäume. Die Schafe ließen ihnen keine Chance zum Wachsen. Trotzdem war die Landschaft atemberaubend schön. Das Licht war golden, wie bei uns im Oktober. Endlich passierten wir den Healy Pass, um kurze Zeit später an Richards Cottage einzutreffen. Eineinhalb Tage Anreise. Ich war platt. Das Cottage war erstaunlich groß und hatte sogar ein oberes Stockwerk. Oben befanden sich drei Schlafzimmer und ein Bad, das mir alleine zur Verfügung stand. Froh, endlich da zu sein, packte ich meine Sachen aus, während Richard Tee und Essen vorbereitete. Als ich die Treppe herunterkam, brannte im Ofen ein Feuer. Ich ließ mich im Sessel nieder, während Richard auftischte. Wir redeten den ganzen Abend. Über Literatur, Musik, Menschen, das Universum, das Tao, über Meditation. Ich weiß nicht, wann ich jemals mit einem Mann über solche Themen gesprochen hatte. Das gefiel mir.

Von Saiten und Saiten

Gegen Mitternacht begann Richard, Musik zu machen. Er spielte nur für mich. In mir brachte das gleich mehrere Saiten zum Klingen. Tiefe Sehnsucht erfüllte mein Herz. Mir war nach Weinen und Lachen zugleich. Als er endete, war es mucksmäuschenstill. Mein Herz schlug mir bis zum Hals, als er meine Hand nahm und meine Fingerspitzen küsste. In mir entbrannte eine Schlacht. Der Moralapostel in mir predigte, ich sei verheiratet, das könne ich nicht tun, und die ausgehungerte Frau in mir frohlockte, wollte sich mit Haut und Haaren hingeben. Als er meine Handfläche küsste, war es um mich geschehen. Die Frau gewann. In dieser Nacht erlebte ich Sex, wie ich ihn noch nie erlebt hatte. Nicht nur, weil wir unsere Klamotten überall verteilten, während wir vom Wohnzimmer ins Musikzimmer wechselten, um später im orgastischen Taumel die Treppe hoch ins Schlafzimmer zu stolpern. Mein Körper war eine einzige erogene Zone und Richard wusste sehr genau, was er tat. Wir verschmolzen zu einer Einheit. Symbiose. Ich weiß nicht, wie viele Orgasmen ich in dieser Nacht hatte. Ich ritt die orgastische Welle auf und ab, war im Himmel. Gegen Morgen schlief ich erschöpft und zutiefst befriedigt ein. Als ich erwachte, lag ich alleine im Bett. Mein Blick wanderte nach draußen. Dort blickte ich auf den Kilcascain, den Hausberg. Die Schafe blökten. Ich streckte mich. Jeder Muskel berichtete mir von der letzten Nacht. Wohlige Schauer durchliefen mich bei der Erinnerung an unser Tun. Ich grinste. War das wirklich ich gewesen? Ich, die Verklemmte? Wahnsinn! Verrückt! Da musste ich nach Irland reisen, um den orgastischen Himmel zu erfahren.

Von echt heißem Tee und Ankommen

Ich streckte mich ein letztes Mal wohlig im Bett, stand auf, warf mir was über, schnappte mir ein Buch und tappte runter ins Wohnzimmer. Mit einem Tee im Ohrensessel vor dem Ofen sitzen und lesen. Das schien mir jetzt genau das Richtige. Flugs schnappte ich mir den Wasserkessel, der vom Vorabend noch auf dem Wohnzimmertisch stand, füllte ihn mit Wasser und stellte ihn auf den Herd. Ich begab mich ins Wohnzimmer, um zu lesen, während das Wasser vermeintlich Temperatur aufnahm. Ich vernahm ein eigenartiges Ticken und Knacken, wie von einer Herdplatte, auf der kein Kessel steht. Verwundert blickte ich in die Küche: Scheiße! Der Wasserkessel war unten mit Plastik versehen. Jetzt sah ich, dass es ein elektrischer Wasserkocher war. Der Kunststoff lief flüssig über den Herd. Schnell griff ich den Topf, um ihn, Fäden von Plastik hinter mir herziehend, in die Spüle zu werfen. Kaum getan, vernahm ich hinter mir ein WUSCH! Ich drehte mich um, und sah den Herd in Flammen stehen. Das durfte nicht wahr sein! Schnell ein Küchentuch genässt, stürmte ich zum Herd, erstickte damit die Flammen. Es stank wie nach einem Kabelbrand. Ich fegte die Treppe rauf, in Richards Schlafzimmer, hüpfte ins Bett: „Richard, Richard! Ich habe den Wasserkocher und Herd ruiniert!" Wie ich das denn gemacht hätte, gab er zurück. „Ich habe ihn auf den Herd gestellt!" „Der ist doch elektrisch?" „Ja, eben!" Er erhob sich aus dem Bett und begleitete mich nach unten. Überall stand Rauch in den Räumen. Wir betraten die Küche, in der ich erst mal anfing, den Herd vom Plastik zu befreien, das auch an meinen Händen klebte. Richard blieb sehr gelassen. Drehte mich weg vom Herd und nahm sich erst mal meiner Hände an. Nach einer Weile begannen wir beide zu lachen. Ich meinte, dass ich wohl noch etwas wuschig von den Erlebnissen der letzten Nacht war, worauf entschieden wurde, dass Tee kochen ab jetzt Männerarbeit war. Also nahm ich im Wohnzimmer Platz, während Richard lüftete und neues Wasser für den Tee aufsetzte. Ein Auto fuhr vor. James, der Vermieter kam, wie jeden Morgen, um nach seinen Schafen zu sehen und einen Plausch mit Richard zu halten. Ich hörte, wie Richard von meinem Missgeschick berichtete. Der Schäfer steckte den Kopf zur Tür herein, grüßte freundlich. Ich gab zurück: „Good Morning! I am the Fire Lady!" Er lachte und war gleich wieder verschwunden. Jetzt war ich wirklich angekommen. Und mir fiel etwas auf: Kein genervtes Augenrollen hatte stattgefunden. Keine sarkastische Bemerkung. Niemand war ausgerastet. Das war die angenehmste Panne, die mir je passiert war.

Von Erkenntnissen und Entscheidungen

Von nun an wanderten wir jeden zweiten Tag durch die moorigen Berge der Halbinsel Beara. Diese Landschaften waren einfach wunderschön. An den anderen Tagen fuhren wir in ein fünfunddreißig Kilometer weit entferntes Hotel, um zu schwimmen und in die Sauna zu gehen. Wir besuchten Freunde von Richard, die in ihrem winzigen Haus eine Jam Session veranstalteten. Am Patrick's Day fuhren wir zum Umzug nach Castletownbere und abends in ein Pub in Glengarriff, wo Richard mit den Freunden der Jam Session Musik machen wollte. Noch ein Erlebnis, das ich nicht missen möchte. Patrick's Day ist für die Iren fast wie für uns Weihnachten. Von überall kommen sie nach Hause und abends trifft man sich im Pub, weil das Pub das Wohnzimmer der Iren ist. Eine herrlich familiäre und respektvolle Atmosphäre war dort in diesem Pub. Und so viele wunderbare Musiker. Ich war immer noch im Himmel. Vergaß die Zeit. Es war ungefähr in der Mitte der zweiten Woche meines Aufenthaltes, als mir eine Erkenntnis kam. Meine Ehe war Geschichte. Der Gemahl wusste es noch nicht, aber für mich war klar, dass das der Schlussstrich gewesen war. Ich hatte schon lange das Gefühl, dass wir nur noch nebeneinander her lebten Und das hatte ich auch öfter zur Sprache gebracht. Jetzt war passiert, was ich nie für möglich gehalten hatte. ICH war fremdgegangen. Ich würde mich trennen. Am Abend sprach ich mit Richard darüber, der mich fragte, ob das wirklich mein Weg sei. Meine Entscheidung stand fest. Und sie machte mir Angst. Am nächsten Morgen machte Richard mir ein Angebot: Ich könne zu ihm nach Irland ziehen, seine Pension sei hoch genug für uns beide. In meinem Bauch fühlte ich eine Tür zufallen. Das wollte ich nicht. Ich war gerade dabei, die Verantwortung, die ich abgegeben hatte, wieder zurückzuholen und sollte sie gleich wieder abgeben? Ich lehnte ab, obwohl ich insgeheim davon träumte, in Irland zu leben. Aber nicht in Abhängigkeit. Ich erklärte es Richard, hatte jedoch das Gefühl, dass er nicht wirklich verstand. Nach zweieinhalb Wochen war es Zeit zurückzukehren. Zu tun, was getan werden musste. Da Richard in Deutschland etwas zu regeln hatte, beschlossen wir gemeinsam mit der Autofähre über den Atlantik und über Frankreich nach Deutschland zu fahren. Ich fühlte: Da war ein ganz feiner Haarriss in unserer Beziehung, den wir beide nicht wahrhaben wollten. Ich, weil ich Angst hatte, ganz alleine dazustehen, und er, weil er Angst hatte, weiter alleine in diesem Cottage zu sitzen. Angst ist ein schlechter Ratgeber. Denn da, wo Du die Energie hinlenkst, da fließt sie. Wir taten so, als wäre immer noch alles rosarot. Wir Menschen können uns so herrlich selbst bescheißen!

Von Energie und Zündspulen

Die Sonne schien, als wir uns morgens auf den langen Weg zur Fähre machten. Richard fuhr, während ich Gedichte schrieb. Zwischendurch wanderte seine Hand unter mein Kleid in meinen Schoß. Der Sex war weiterhin grandios. Auch im Auto. Die Kabine der Fähre war klein, mit Stockbetten. Die Überfahrt sollte vierzehn Stunden dauern. Mit der Fähre über den Atlantik. Wir legten abends ab, daher gab es nichts zu sehen. Das hatte ich mir spektakulärer vorgestellt. Ich langweilte mich. In Cherbourg legten wir an und nahmen die nördliche Route über Frankreich, damit ich in Trier auf den Zug wechseln konnte. Richard wollte weiter nach Süddeutschland. Ich war aufgeregt wegen des Gesprächs mit dem Herrn Gemahl, das mir bevorstand. Meine Energie übertrug sich scheinbar auf das Auto. An einem Autobahndreieck in der Normandie versagte es den Dienst. Die Pannenhilfe holte uns ab und übernahm die Kosten des Hotels. Wir kriegten uns heftig in die Haare. Ich war genervt. Der Zauber der grünen Insel war verflogen. Am zweiten Tag erfuhren wir, die Zündspule war durchgebrannt. Zum Glück nichts, was ewig dauerte. Drei Tage saßen wir fest. Als wir endlich wieder fahren konnten, eröffnete mir Richard, mich schon in Metz absetzen zu wollen.

Klasse! Muss ich erwähnen, dass ich das einfach ätzend fand?

Entscheidungen

Ich schrieb dem Herrn Gemahl, wann ich am Bonner Hauptbahnhof ankommen würde, damit er mich abholen konnte. Sichtlich erleichtert, mich endlich wieder zu Hause zu haben, nahm er mich am Bahnhof in Empfang. Ich konnte jetzt noch mal entscheiden. Hielt ich den Mund und ließ es, wie es war? Das hieße, Richard loslassen. Entschied ich zu beichten, was passiert war, auf Verständnis zu hoffen und es trotzdem beim Alten zu belassen? Dabei Gefahr zu laufen, den Seitensprung immer wieder aufs Brot geschmiert zu bekommen. Oder machte ich Nägel mit Köpfen und sagte, dass ich gehen würde? Das hieße, noch mal von vorn anfangen, mit Richard. Ich wollte die Verantwortung für mein Leben zurück. Wieso war das so schwer? Drei Tage ging ich mit der Entscheidung schwanger. Dann endlich brachte ich sie auf den Tisch. Niemals hatte ich mit dieser Reaktion gerechnet, als ich sagte, dass ich gehen würde. Der Gemahl brach in Tränen aus. Das tat wiederum mir weh, fetzte an meinem Herz. Ich war immer darauf bedacht gewesen, es allen recht zu machen und nun verletzte ich ihn so. Ich fühlte mich abscheulich. Schuldig. Trotzdem, ich blieb bei meiner Entscheidung. Ich suchte mir eine Wohnung. Das zog sich hin, also wohnte ich im Dachgeschoss des gemeinsamen Hauses, während der Gemahl die unteren Etagen bewohnte. Von Richard trennten mich fast sechshundert Kilometer, nachdem er beschlossen hatte, nach Deutschland zurückzukehren. Somit pendelte ich jedes Wochenende die Strecke von Bonn an den Oberrhein. Zwischenzeitlich konnte ich auch meinen Taxibetrieb verkaufen. Nochmals loslassen. Ich hatte den Betrieb nur weitergeführt, weil ich mich meinem toten(!) Vater verpflichtet fühlte. Damit war nun Schluss! Ich stellte mich in Lohn und Brot bei einem anderen Taxiunternehmer. In dieser Zeit geriet weiter Sand in das Beziehungsgetriebe von Richard und mir. Er machte seinem Unmut Luft, weil ich noch immer beim Gemahl wohnte. Jedoch wollte ich nicht zu ihm ziehen und mich wieder in eine Abhängigkeit begeben. Zuerst wollte ich eine Zeit lang alleine leben. Mich selbst ordnen. Als es dazu seinerseits kein Einsehen gab und wir uns immer häufiger stritten, beendete ich die Beziehung. Das war eine Version meines Lebens, die ich bisher noch gar nicht auf dem Schirm hatte: Jetzt war ich ganz alleine. Das machte mir so viel Angst, dass ich tatsächlich Anstalten machte, mir den Gemahl zurückzuholen, obwohl dieser bereits eine neue Freundin hatte. (Da sieht man mal, wohin Angst einen treiben kann.) Der Gemahl bewies Widerstandskraft. Nachher schämte ich mich für den Versuch. Empfand mich als niederträchtig.

Endlich konnte ich meine Wohnung beziehen. Ich begann mein neues Leben mit einem Bett, einem Werkzeugkoffer, einer Bohrmaschine, ohne eine Küche, ohne Mann. Von jetzt an nahm die Lebensachterbahn noch mehr Fahrt auf und mir eröffnete sich ein neues Universum…

Ein neues Universum

Mir hing einiges zum Hals raus. Vor allem die Art und Weise, wie mein Chef mit uns, sprich dem Personal umging. Außerdem steckten mir immer noch meine beiden Trennungen in den Knochen. Meine Seele fühlte sich wund an. Ich telefonierte mit dem Menschen, bei dem ich des Öfteren, bei Auszeitwochenenden teilgenommen hatte. Da er mich mehrmals gecoacht hatte, klagte ich ihm mein Leid. Ob ich Interesse hätte, mir was Neues anzusehen. Für ihn würde es wunderbar funktionieren. Ich könne es mir ja mal anhören. Na gut, dachte ich. Wieso nicht? Also fand ich mich eine Woche später, an einem Samstagabend, in einem Seminarraum wieder mit etlichen anderen Neugierigen. An diesem Abend hörte ich vom Cashflow-Quadranten. Und von Network-Marketing. Network was? Das Erste, woran ich bei der Präsentation dachte, war ein Schneeballsystem. Warum? Weil ich zwanzig Jahre zuvor beinahe in eines geraten wäre. Die Struktur war erschreckend ähnlich. Eine Firmenpräsentation folgte. Am Ende der Veranstaltung war ich im Team der Firma *Reich und Schön*. Die hatte sich Gesundheit wie auch Erhaltung der Jugend auf die Fahne geschrieben. Ich war nun Vertrieblerin von Nahrungsergänzungsmitteln und Kosmetik. Quasi eine neumodische Avon-Beraterin. Die Theorie gestaltete sich einfacher, als es in der Praxis war. Wie sollte ich Leute ansprechen? Wie davon überzeugen, dass es das Geschäft des einundzwanzigsten Jahrhunderts sein würde? Ich rannte gegen Wände. Bei den Menschen und gegen meine eigenen. Tief in mir lauerte der Gedanke, dass ich etwas Böses tue. Ich sprach mit meinem Teamleiter darüber und bekam die Empfehlung ein Seminar zum Thema Verkauf zu besuchen. Darauf landete ich in der abgefahrensten Veranstaltung, die ich bis dahin erlebt hatte. Doch dazu später mehr. …

Greenhorns

Innerhalb unseres Vertriebsteams gab es eine WhatsApp-Gruppe, damit wir uns gegenseitig befruchten konnten. Eines Tages erreichte mich der Anruf einer Designer-Firma in Köln. Ich sei herzlich zu einer Vernissage im Show-Room eingeladen und könne gerne jemanden mitbringen. Ich, die Vertrieblerin, witterte gleich die Chance auf Kundenakquise. Also stellte ich den Termin in den Chat, um Mitstreiter zu gewinnen. Alleine dort aufzuschlagen, wagte ich nicht. Vier Leute meldeten sich. Zu dem verabredeten Treffpunkt in einem Bonner Lokal erschien jedoch nur eine der Vier. Sie war von zierlicher Gestalt und hatte ein ansteckend fröhliches Gemüt. „Ok, dann rocken wir das halt zu zweit", entschieden wir, stiegen in meinen vierundzwanzig Jahre alten Mercedes und fuhren Richtung Köln. Ankunft am Show-Room. Viele Menschen in sehr ausgefallenen Klamotten, die definitiv von diesem Label handgefertigt waren, das hier ansässig war. Einer echten Manufaktur. Hinten dran die Schneiderei. Badewannen voll mit Knöpfen, an die zwanzig Nähmaschinen, Stoffe, Reißverschlüsse und diverse Leder waren dort zu sehen. Wir mischten uns unters Volk. Wir hatten unser Effekt-Produkt dabei, eine Creme, die in Sekundenschnelle Falten verschwinden ließ. Bereitwillig ließ sich ein Mann um die fünfzig auf einen Test ein. Wir gaben uns professionell und tupften ihm die Creme auf Krähenfüße und Tränensäcke. Nach zwei Minuten reichten wir ihm einen Spiegel. Das Ergebnis sei ja ganz ordentlich, meinte er. Darauf gaben wir zurück, wir müssten jetzt aber die andere Seite auch noch bearbeiten, sonst sähe er (OT) echt Scheiße aus. Ich brach fast zusammen vor Lachen über die schmeichelhafte Formulierung. Auch der Typ fiel fast vom Stuhl, nahm es aber mit Humor. So was kannst du dir nur in Köln erlauben, ohne gesteinigt zu werden. An dem Abend verkauften wir weder Produkte, noch gewannen wir Geschäftspartner. ABER: Wir hatten uns köstlich amüsiert. Wir hatten uns was getraut. Daher waren wir mächtig stolz auf uns. Spaß haben UND wachsen, das ist eine geile Kombination!

Gesprengte Ketten

So lautete der Titel auf dem Seminarticket. Kein Wort von Verkauf. Ich hatte einen anderen Titel im Kopf, doch der Typ am Telefon, der die Buchung gemacht hatte, war sehr nett gewesen. Und er wird wohl gewusst haben, was er tat. Also machte ich mir nicht weiter Gedanken und buchte mein Zimmer unweit vom Veranstaltungsort. Wie sich herausstellen sollte, war die Network-Kollegin von *Reich und Schön* im gleichen Hotel. Endlich wieder eine Fahrgemeinschaft, die Spaß versprach. Abends fielen wir über unsere Minibars her und saßen bis tief in die Nacht auf dem Balkon ihres Zimmers und erzählten uns gegenseitig unsere Lebensgeschichten. Wir waren sehr gespannt, was uns am nächsten Tag erwarten würde. Am folgenden Morgen fuhren wir zeitig los. Vor der Arena, in der das Event steigen sollte, herrschte großer Andrang. Wir bekamen unsere Namensschilder und wurden bei unserem Betreuer vorstellig, der sich als der nette Mensch vom Telefon entpuppte. Ein echtes Leckerchen! Ende vierzig, groß, schlank, charmant. Er wies uns unsere Plätze zu. Tribüne. Gute Sicht auf die Bühne. Wie sich herausstellte, waren wir tatsächlich in einem anderen Seminar gelandet als auf dem Verkaufsseminar. Doch wir waren uns einig, dass das Universum schon wusste, was es mit uns tat.

Wir waren fest entschlossen, das jetzt zu genießen. Dann ging es los: Wummernde Beats, um uns herum flippten scheinbar alle aus. Klatschten. Tanzten. Wir machten einfach mit. Tanzen war gut. Eine geballte Energie erfüllte die Halle, als der Seminarleiter auf die Bühne trat. Mein erster Gedanke war: „Was ist das für ein Lackaffe?" Dann kam mir in den Sinn, dass man uns geraten hatte mitzumachen, egal wie bekloppt wir es zu Anfang finden würden. Da ich den Menschen in unserem Team vertraute, tat ich das auch. Ich blieb einfach offen für das, was käme. Dann begann das Lernen, ganz anders, als ich es bisher kannte. Das hier machte richtig Spaß. Und die Inhalte, darüber, wie wir Menschen funktionieren und warum wir uns ganz oft selbst im Wege stehen, erzeugten einen Aha-Effekt nach dem anderen. Es gab viel Partnerarbeit und in jeder Pause wurde getanzt. Wenn so meine Schulzeit abgelaufen wäre, wäre ich vermutlich Dr. Dr. Professor in irgendwas. Mensch, war das abgefahren! Schule und Party in einem. Das hier war Psychologie zum Anfassen. Davon wollte ich mehr lernen. Als eröffnet wurde, dass es ein Seminar gäbe, wo man die Techniken lernen könne, die der Mensch auf der Bühne anwandte und die in mir ganze Berge bewegten, war für mich klar: Da muss ich hin! Ich hatte Geld, also buchte ich: Neun Tage in der Türkei, im 5-Sterne-Hotel. Neun Tage, in denen ich an mir arbeiten würde und das Gelernte auch gleich praktisch anwenden konnte, weil alles durch Partnerarbeit gelehrt würde. Learning by doing. Als wir nach den zwei Tagen nach Hause fuhren, hatte ich eine leise Vorahnung, dass ich etwas in meinem Leben verändert hatte, obwohl mein Alltag sich erst mal nicht sonderlich anders gestaltete. Wie groß die Veränderung am Ende sein würde, davon hatte ich keine Ahnung!

Deftig und Gut

Ein Anruf erreichte mich. Ralf war am anderen Ende der Leitung. Ich hatte ihn öfter im Fitness-Studio getroffen. Bei diesen Begegnungen hatte er häufig zu meiner Belustigung beigetragen, was meistens in einem Lachkrampf meinerseits endete. Ich war erstaunt, denn wir hatten sonst nie großen Kontakt gepflegt. Das Gespräch ging lang und wieder einmal brachte er mich zum Lachen mit seiner lustigen Art. Er lud mich zu sich nach Hause zum Essen ein. Wieso nicht? dachte ich. Am verabredeten Abend traf ich pünktlich bei ihm ein. Das Essen war deftig und gut. Wir redeten lange, tranken, lachten und später landeten wir zusammen im Bett. Der Sex war wie das Essen: Deftig und gut. Ich hatte schon ewig nicht so gut gegessen und gevögelt. Dementsprechend fühlte ich mich auf allen Ebenen befriedigt. Irgendwie war klar, dass wir jetzt ein Paar waren. So trug es sich zu, dass es in meinem Leben wieder eine Beziehung gab.

Hin und wieder zurück –
Keine Geschichte von Hobbits

Das Seminar in der Türkei rückte näher und ich wurde zusehends nervöser. Als wüsste tief in mir eine Instanz, dass das mehr sein würde als nur lernen. Anfang Januar ging es los. Ralf brachte mich zum Flughafen. Warten. Einchecken. Warten. Sekt. Boarding. Endlich hoben wir ab. Ich liebe es, wenn die Beschleunigung mich in den Sitz drückt, und das Gefühl, wenn das Flugzeug den Boden verlässt. Als wir über den Wolken waren, sah ich einen Regenbogen in den Wolken. Er begleitete mich eine ganze Weile. Ich war sicher, dass das gute Geister waren, die mich begleiteten. Nach der Landung, am Gepäckband, lernte ich gleich ein paar wunderbare Menschen kennen, die ebenfalls das Seminar besuchen würden. Alle waren aufgeregt und neugierig, was uns erwartete. Zudem war es, als würden wir uns schon ewig kennen. Wie wohl unser Shuttle verlaufen würde? Ich witzelte, dass vermutlich ein VIP-Bus draußen auf uns warte, mit schwarzen Scheiben, indirekter Beleuchtung und Knautschsesseln. Als wir den Terminal verließen, staunten wir nicht schlecht. Hatte ich das gerade beim Universum bestellt? Da stand ein weißer Kleinbus mit schwarz getönten Scheiben und indirekter Innenbeleuchtung. Nur die Bestellung der Knautschsessel war scheinbar nicht angekommen. Aber gut. Für eine Reklamation war es nun etwas spät. Trotzdem fühlte ich mich ein bisschen wie ein Star. Die Fahrt dauerte eineinhalb Stunden, bis wir an unserem Hotel ankamen. Mir klappte die Kinnlade runter. Das war ein echter Augenöffner. Mein Gepäck wurde in Empfang genommen, um es auf mein Zimmer zu bringen. Das kannte ich bisher nur aus Filmen. Beim Eintreten ein Foyer, das einem Palast glich. Hohe Säulen in einer weiten Halle. Sitzgruppen mit Sofas und Sesseln ließen das ganze gemütlich wirken. Und das Beste: Dieser Palast mit all seinen Angestellten und all inclusive war nur für mich gebucht. Ok, für mich und fünfhundert andere Menschen, die an ihrer Persönlichkeit arbeiten und lernen wollten. Was die Halle versprach, hielt das Zimmer. Es war riesig. Dazu ein begehbarer Kleiderschrank und eine Badewanne im Bad. Ich schob die Vorhänge beiseite, mir stockte der Atem. Ein riesiger Balkon. Ich blickte direkt auf das Meer. Ein tiefes Gefühl von Erhabenheit erfüllte mich beim Anblick der Weite und dem Tosen der Brandung. Filmszenen à la Herr der Ringe kamen mir in den Sinn, wo große Herrscher zu ihrem Volk sprechen. Ich hatte noch nie in solchem Luxus Urlaub gemacht. Geschweige denn gelernt. Lernen auswärts war eher in der Jugendherberge, mit Stockbetten vonstattengegangen. Ich warf mich in die Kissen des gigantischen Kingsize-Bettes und fühlte mich wie eine Königin. Vermutlich grinste ich wie auf Drogen, als ich Ralf anrief, um zu schwärmen, dass ich gerade im Paradies gelandet war. Nachdem ich mich wieder gefangen hatte, machte ich mich bereit für die Bar. All inclusive. Das wollte genutzt werden.

All Inclusive – Inclusive Buddie

In der Bar war es voll. Im Gewühl erblickte ich meine neuen Bekanntschaften vom Gepäckband. Winkte. Klaviermusik ertönte im Hintergrund. Ich bahnte mir meinen Weg weiter durch all die Menschen, Richtung Terrasse. Draußen war es ruhiger, wenn auch nicht unbedingt leerer. Von rechts vernahm ich meinen Namen. Da saß der schmucke Betreuer vom Event, Manuel. Ich ließ mich neben ihm auf dem Loungesofa nieder, ergatterte eine Zigarette (eigentlich rauchte ich gar nicht) und hatte, wie von Zauberhand, einen Gin Tonic vor mir stehen. Dann mal Prost. An diesem Tisch war noch mehr Stimmung als im Rest der Bar. Mit in unserer Runde eine echte Wuchtbrumme aus dem Ruhrpott. Endlich mal jemand, der so tickte wie ich. Laut, burschikos, lustig. Und: trinkfest. Ich verbrachte den ganzen Abend auf der Terrasse, fühlte mich sauwohl. Und was das alles für Leute waren! Networker und solche, die es werden wollten. Millionäre und, klar, andere, die es werden wollten. Coaches, Visionäre. Und mittendrin ich, die *Reich und Schön*-Beraterin, die sich noch nicht im Klaren war, wohin die Reise gehen sollte. Auf jeden Fall vorwärts. Kennst Du das? Du hast All inclusive und deshalb versuchst Du auch alles in Dich rein zu schläucheln, was die Bar hergibt? Willkommen im Club. Ich hatte gewaltig geschläuchelt. Jedenfalls war mein Zustand so, als ich um sieben Uhr meine Augen aufschlug. Mir war übel. Den Geschmack von zehn Schachteln Zigaretten im Mund und einen Pelz auf der Zunge schleppte ich mich ins Bad. In zwei Stunden würde der erste Tag des Seminars losgehen. Herzlichen Glückwunsch! Mit der Zahnbürste wurde ich dem Zahnpelz Herr, die Dusche brachte meinen Kreislauf in Schwung, der Red Bull aus der Minibar half auch ein wenig. Anziehen. Wimperntusche. Fertig. Ich hatte noch nie verstanden, wie man länger als dreißig Minuten zum Aufbrezeln brauchen konnte. Das Buffet war so groß und reichhaltig, dass es mich überforderte. In meinem Zustand musste es nur zwei Kriterien erfüllen: Fettig und würzig. Schafskäse und Börek zum Frühstück, garniert mit Oliven und scharfer Soße. Oben drauf ein Kaffee. Die Diarrhö war vorprogrammiert. Nach dem Frühstück begab ich mich Richtung Seminarraum. An die fünfhundert Menschen standen im Foyer. Welch eine Kakophonie an Stimmen. Hinter den Flügeltüren zum Saal hörte ich Bässe wummern. Vorfreude kitzelte meinen Bauch. Ein Hauch Adrenalin. Die Spannung stieg. Dann endlich öffneten sich die Türen. Wie ein Fluss, dessen Damm gebrochen war, ergossen sich unsere Körper in den abgedunkelten Saal. Diskothekenstimmung. Die erste Handlung an diesem Seminartag war tanzen. Ich tanzte mich in einen Rausch, angefeuert von der Vortänzerin auf der Bühne. Als die Musik endete und ich mich auf meinen Stuhl fallen ließ, schwitzte ich wie nach einer Stunde Spinning. Klasse, wofür hatte ich eigentlich meine Haare gerichtet? Der Ablauf des Seminars wurde besprochen und wir suchten uns jeder einen Buddie. Wir sollten gegenseitig auf uns achten. Bescheid geben, wenn der andere morgens nicht auftauchte. Wir würden schließlich an Themen arbeiten, die uns zu schaffen machten. Mein Buddie war Uri, ein Schweizer, der als Coach und Hypnotiseur arbeitete. Ich verabredete gleich ein Coaching mit ihm, von dem ich noch nicht wusste, wann es stattfinden und was es zutage fördern würde. Ab sofort war lernen am Tag und Party in der Nacht angesagt. Es war schon interessant zu beobachten, wie nach den Praxisteilen die eine Hälfte der Teilnehmer verheult und leicht der Welt entrückt durch den riesigen Hotel-Komplex lief. Die andere Hälfte strahlte. Am nächsten Tag war das Ganze genau andersherum. Und es war völlig normal, so offen mit seinen Gefühlen umzugehen. Keine Maskerade. Bei mir war bisher kein Thema aufgebrochen. Vielleicht, weil ich mich lieber auf der Terrasse herumtrieb, um tiefschürfende Gespräche mit meinen neuen Freunden zu führen. Nicht selten begleitet von Bier und Kaffee, später natürlich dem obligatorischen Gin Tonic. Doch meine Schonfrist sollte bald ein Ende haben.

Dammbruch

Die Zeit verging. Obwohl ich nachts bis in die Puppen wach war, erschien ich frisch zum Seminar. Lernen, umsetzen, lernen, umsetzen. Das machte Spaß, obwohl ich eine riesige Angst hatte, bei den Coachings, die ich gab, etwas falsch zu machen. Ergo drückte ich mich, sobald ich die Gelegenheit dazu hatte. Doch wenn ich coachte, waren die Coachings von Erfolg gekrönt. Trotzdem - die Angst blieb. Das fuchste mich. Am dritten Tag, spätnachmittags kam Uri während des Seminars auf mich zu und nahm mich mit nach draußen. Es war so weit. Mein Coaching begann. Ob ich gehen oder lieber irgendwo sitzen wolle, fragte er mich. Ich entschied mich fürs Gehen. Also legte er seinen Arm um mich, ich meinen um ihn und wir zogen los. Was mein Thema sei, wollte er wissen. Dass ich Schiss hätte, einen Fehler zu machen, gab ich zur Antwort. „Erzähle mir von dir. Einfach am Anfang beginnen." So begann unser Weg durch das Hotel-Gelände, während ich meine Lebensgeschichte erzählte. Immer wieder hakte er nach, wollte konkretere Angaben. Erzählen, nachhaken, erzählen, nachhaken. Es wurde dunkel und wir wanderten immer noch zwischen den Bungalows umher. Bis wir zu einem großen, runden Platz kamen, in den ein großes Mosaik in Form eines Sterns eingelassen war. Dort blieben wir stehen.

Trotz der südlichen Gefilde war es empfindlich kalt. Ich trug nur ein Spitzenkleid, darunter Leggins. Uri ein Hemd und Jeans. Ich fror, schlotterte. Er blickte mir tief in die Augen. Ich hatte das Gefühl, dass er bis in den tiefsten Grund meiner Seele schaute. „Liebst du dich selbst?" Ein Damm brach. Ich weinte. Weinte, wie ich seit Ewigkeiten nicht geweint hatte. Uri nahm mich in den Arm. Und ich weinte weiter. Weinte ihm das Hemd nass. Dann verebbte der Tränenstrom. Ich fühlte mich leer und leicht. „Du musst an deiner Selbstliebe arbeiten. Ganz, ganz wichtig. Hier fangen wir damit an. Doch du musst dranbleiben, auch nach dem Seminar. Versprochen?" „Versprochen." Wir gingen zurück zum Haupthaus. Doch anders als die Tage zuvor, ging ich auf mein Zimmer. Ich wollte alleine sein. Und schlafen. Etwas in mir hatte sich bewegt.

Dissonanz

In der Nacht erwachte ich. Ein Sturm toste und drosch auf das Hotel ein. Es klang, als würden die Wellen bis zu meinem Balkon im fünften Stock schlagen. Ich lauschte der Naturgewalt und kuschelte mich tiefer in mein Plumeau, schlief wieder ein. Am Morgen schlug ich die Augen auf, ein Lächeln auf dem Gesicht. Ich fühlte mich glücklich, zog die schweren Vorhänge zur Seite. Strahlender Sonnenschein empfing mich. Das Leben war so schön! Den ganzen Tag lief ich, als hätte ich kleine Flügel an den Füßen. Ich hatte doch nur meine Geschichte erzählt und ein paar Fragen beantwortet. Am Nachmittag rief Ralf an. Erzählte was von Anschlägen in Deutschland. Das wollte ich genau jetzt nicht hören und das sagte ich ihm auch. Während wir sprachen, kritzelte ich vor mich hin, ohne darauf zu achten. Als wir auflegten, starrte ich auf mein Kunstwerk: Ein Schiff, das auf eine Insel mit Palmen zusteuert. Eigentlich ein schönes Bild. Wäre das Schiff nicht zweimal durchgestrichen gewesen. Etwas passte nicht. Weder vermisste ich Ralf, noch war ich vor Freude über seinen Anruf aus der Hose gesprungen. Ich schob den Gedanken weg, dass ich mir die Liebe nur einredete, und begab mich zurück zum Seminar.

Coaching-Special

Das Seminar würde mit einer Abschlussprüfung enden. Schriftlich und praktisch. Ich wurde unruhig. Was, wenn ich das vergeigte? War ich gut genug? Am liebsten hätte ich mich gedrückt. Aber ich wollte auch das Zertifikat. Am Abend vor der Prüfung klagte mein Buddie, Uri, über Rückenschmerzen. Ich könne ihm eine Massage verpassen, schlug ich vor. Das fand er prima. In Ermangelung von Massageöl, gab ich ihm den Auftrag Olivenöl zu besorgen. Das sei ebenso gut. Tatsächlich tauchte er zwei Stunden später auf, um mich mit zu seinem Bungalow zu nehmen. Was er machen solle, fragte er mich. „Zieh Dein Oberteil aus und leg Dich am besten aufs Bett." Er tat, wie ihm geheißen. Und nun? Ich war ein wenig verunsichert, ob ich mich auf seinen Hintern setzen oder neben ihn knien sollte. Meine Herren! Hier ging es um eine Massage. Warum war mir das jetzt so unangenehm? Als hätte er meine Gedanken gelesen, machte er den Vorschlag, ich solle mich einfach auf seinen Allerwertesten setzen, was ich auch tat. Ich verteilte das Öl in meinen Händen, damit es nicht zu kalt war und begann mit der Massage. Und während ich massierte und langsam innerlich zur Ruhe kam, fragte Uri, woher ich das so gut könne. Ob ich das gelernt hätte. Wahrheitsgemäß verneinte ich, erzählte, wie ich früher im Büro meine Kollegen massiert hätte und wie gut ihnen das getan hatte. Dann fragte er mich, wie es mir in Bezug auf die Prüfung ginge. Ich schilderte ihm meine Bedenken und meine Ängste, etwas falsch zu machen. Wieder fragte er mich, ob ich Massage gelernt hätte. „Nein, hab ich doch gesagt." „Wie hast du das mit deinen Kollegen gemacht?" „Na, ich habe es einfach getan." „Und, hast du etwas falsch oder kaputt gemacht?" „Nein, danach waren sie immer sehr entspannt. Manche sind sogar ihre Kopfschmerzen losgeworden." „Also, du hast es einfach gemacht und danach ging es ihnen gut?" „Ja." „Und wo genau ist der Unterschied zu der Prüfung morgen?", fragte er. Dann schwieg er, ich saß schweigend auf seinem Hinterteil, massierte weiter und lächelte vor mich hin. Ich hatte verstanden. Es gab keinen Unterschied. Einfach vertrauen und machen. Das war das Geheimnis. In diesem Moment hatte ich ihn sehr, sehr lieb. Nach der Massage verließ ich seinen Bungalow und ging auf dem Rückweg zum Haupthaus ein Stück unseres Weges ein paar Tage zuvor. In mir die entspannte Gewissheit, dass alles gut laufen würde. Ich fasste an diesem Abend einen Entschluss: Ich wollte ein ebenso guter Coach werden wie mein Buddie.

Der Tag der Wahrheit

Prüfungstag. Wir bekamen unsere Instruktionen für den Praxisteil. Unsere Partner hatten wir uns bereits gesucht. Meiner hieß Rick, wieder ein Schweizer. Ein Hüne von einem Kerl. Wir hatten jeweils eine Dreiviertelstunde für die gegenseitigen Coachings. Doch zuerst ging es um die Theorie. Wir saßen zu sechzehn Leuten in einem Raum, als wir unsere Fragebögen erhielten. Ich war so nervös, dass mein Mund austrocknete. Ich drehte den Bogen um und begann mit der Beantwortung der Fragen. Nach zehn Minuten gab ich ab, ohne noch einmal nachzuschauen, was ich geschrieben hatte. Einfach machen und vertrauen, war das Motto. Ich stürmte aus dem Saal und erblickte Manuel, meinen Betreuer, an einem der Stehtische im Foyer. Erleichtert warf ich mich in seine Arme und freute mich schon auf den Gala-Abend, als unsere Co-Trainerin mich rief. Ich hätte nur die Vorderseiten beantwortet. Kein Wunder, dass ich so schnell war. Also nochmal zurück.
Die Rückseiten beantwortete ich ebenso schnell wie die Fragen zuvor und war trotzdem die Erste, die abgab. Zauberei! dachte ich bei mir. Noch nie war mir eine Prüfung so leichtgefallen. Mein Kaffee wartete bereits auf mich, als ich das zweite Mal zu Manuel stieß. Er war wirklich ein Schatz. Und, wie ich durch unsere vielen Unterhaltungen

feststellen durfte, ein echter Seelenverwandter. Unsere Parallelen waren uns manches Mal unheimlich gewesen. Nach der Mittagspause ging es in den Praxisteil. Ich durfte anfangen (war ich froh, dann hatte ich es hinter mir). Und wieder fiel es mir federleicht. Ich konnte es gar nicht richtig fassen, dass es so easy war. Es klingt vielleicht überheblich, aber im Nachhinein war die Prüfung absolut unspektakulär. Außer der Tatsache, dass ich scheinbar verzaubert worden war. Nach der Prüfung hatten wir Zeit für uns. Mehr, als wir in den vergangenen acht Tagen hatten, weil nachmittags bis in den Abend das Seminar lief. Was sollte ich anstellen mit so viel Freizeit? Schlafen war eine gute Option. Es gab ja noch den Gala-Abend und später eine Party, in der Disco. Außerdem stand noch etwas sehr Besonderes an, zu dem nur Auserwählte geladen waren. Auch ich.

Ritus

Ein schwarzes, langes Seidenkleid umspielte meine Figur. Ich fühlte mich wie eine Elbenfee, als ich den langen Gang in Richtung Aufzug schritt. Als ich im Foyer aus dem Aufzug trat, waren beinahe alle Teilnehmer versammelt. Nach einer Weile, traf ich auf Uri und meine Ruhrpott-Wuchtbrumme Antje. Irgendwie war die Stimmung anders als in den letzten Tagen. Als hätten viele mit ihrer Abendrobe die Alltagsmasken wieder angezogen. Die ganze Zeit über waren alle gleich gewesen. Jetzt schienen wieder Grenzen da zu sein. Ich wollte es gerade damit abtun, dass das ja nur meine Befindlichkeit sei, als Antje aussprach, was ich fühlte. Und auch Uri war die Veränderung nicht entgangen.

Maskenball

Dann wurde es geheimnisvoll. Das Event für spezielle Gäste wurde angesprochen. Uri gab mir die Anweisung, keinen Alkohol zu trinken und mich um zehn vor zwölf am Pool einzufinden. Ich war gespannt, was mich dort erwarten würde. Doch jetzt öffneten sich zum letzten Mal die Flügeltüren des Saales, in dem ich die letzten neun Tage gelernt und mich persönlich weiterentwickelt hatte. Die Stuhlreihen waren verschwunden. Stattdessen standen da runde Tafeln mit weißen, gestärkten Tischdecken, Kerzenlüstern und edlen Gedecken. Drumherum standen Stühle, die in ebenfalls weiße Hussen gehüllt waren. Gedämpftes Licht, leise Musik. Gala-Abend. So schön wie das ganze aussah, so steif kam mir die Gesellschaft vor. Vielleicht lag es auch an mir. Mir war eine kernige Party einfach lieber als so piekfeines Rumgetue. Wie gerne hätte ich jetzt mit den anderen draußen auf der Terrasse gesessen. Manch einer wird jetzt denken, ich sei undankbar. Dann sage ich: Nein, nur Maskerade liegt mir nicht. Und ich fühle, wenn Menschen „nicht echt" sind. Dann, endlich: Unsere Gruppen-Coaches riefen uns zu sich. Unter dem Applaus der anderen Gruppen-Mitglieder bekamen wir jeder unsere Urkunde überreicht. Jetzt war es offiziell. Ich war ausgebildeter NLP-Coach, und ich war stolz. Ich, die von der Realschule geflogen war, die immer rebelliert hatte, die, die während der Schulzeit gemobbt und drangsaliert worden war, hatte es durchgezogen. Ich hatte einen weiteren Schritt in mein neues Leben getan. Mir war klar, dass ich noch viel an mir zu arbeiten hatte. Aber in diesem Augenblick war ich eine Gewinnerin. Genau in diesem Moment ging das Licht aus und die Partybeleuchtung an. Der Song, auf den ich mich täglich in einen Rausch getanzt hatte, ertönte. Ich war gut konditioniert, tanzte. Tanzte, bis mir schlicht die Puste wegblieb. Noch eine Viertelstunde bis Mitternacht. Wieder kitzelte es in meinem Bauch. Mein Weg führte mich zum Pool. Dort standen neben Antje, meiner Wuchtbrumme, und Uri noch sechzehn andere Eingeweihte. Nun eröffnete Uri, was geschehen würde: „Ich werde Euch jetzt in eine leichte Trance versetzen. Um Punkt null Uhr springen wir in den Pool und waschen das alte Leben ab. Ihr werdet die Kälte nicht spüren. Wer nicht will, kann jetzt gehen." Wir blieben alle. Ich zog meine Schuhe aus und trat mit den anderen gemeinsam an den Rand des Pools. Durch meine Nylons fühlte ich die Kälte des Wassers, doch ich vertraute Uri. Ich wollte dieses Ritual. Die alte Silvia endgültig hinter mir lassen. Uri schritt die Reihe ab, sprach die Trance. Mir wurde warm, auch das Wasser um meine Füße fühlte sich jetzt warm an. „In dem Moment, da ihr in das Wasser taucht, lasst ihr all das Alte hinter

Euch. Ich zähle von fünf bis null. Nehmt Euch an den Händen. Bei null springen wir alle gemeinsam." Fünf...Ich fühlte, wie Antje von rechts meine Hand nahm und ich ergriff die Hand des Menschen links neben mir... vier... drei... zwei... -eins...null... Ich drückte mich ab. Im nächsten Moment war ich unter Wasser. Mein Seidenkleid wurde bleischwer. Das Wasser fühlte sich warm an. Ich ließ die Hände meiner Nachbarn los, sah durch das Wasser die Beleuchtung des Hotels, erreichte den Beckenboden und stieß mich Richtung Oberfläche, paddelte zum Beckenrand. Viele Hände griffen nach mir, um mir aus dem Pool zu helfen. Alle nass. Ein Bademantel wurde über mich geworfen. Dann lagen wir uns alle in den Armen. Ich platzte vor Glück, jauchzte meine Freude in den von Sternen übersäten Nachthimmel. Ich liebte es, verrückte Dinge zu tun. Jetzt war ich bereit, mich auf die Party in der Disko zu schmeißen. Triefnass fuhr ich mit dem Aufzug nach oben. Tropfte im Aufzug vor mich hin, kleine Pfützen bildeten sich unter meinen Füßen. Unsere Aktion hatte sich in Lichtgeschwindigkeit herumgesprochen. Manche Leute im Aufzug, meinten, es sei unverantwortlich gewesen. Ich konnte nur den Kopf schütteln. So viel zum Thema: Sprenge Deine Grenzen. Das waren ihre Grenzen, nicht meine. Im Zimmer schmiss ich die Galarobe von mir, duschte heiß, zog mich wieder an und machte mich auf den Weg.

Die letzte Nacht. Heute hieß es für mich: Tanzen, tanzen, tanzen, bis der Morgen graut. Die Nacht war noch nicht zu Ende und ich wusste nicht, was noch auf mich wartete.

Zwillinge

Die Disko war voll. Mit den Galaklamotten waren auch die Masken wieder verschwunden. Witzig, das zu beobachten. Jemand tippte mir auf die Schulter und eine Hand hielt mir einen Gin Tonic vor die Nase. Am Ende des Arms stand eine große, schlanke Gestalt. Ich nahm den Drink entgegen und umarmte Manuel, meinen Betreuer. Er war, wie mein Zwilling. Ich mochte ihn wirklich gerne. Vielleicht ein bisschen zu gerne. Ich wischte den Gedanken beiseite. Jetzt wurde gefeiert. Wenn wir beide nicht gerade rauchten und tranken, tanzten wir. Dann kam dieser Moment: Wir standen uns gegenüber und sahen uns einfach nur an. „Was willst du?", fragte Manuel. „Nichts", log ich. Denn in diesem Moment hätte ich ihn einfach nur küssen wollen. Ich wusste, dass er eine Freundin hatte. Und ich wusste um die Macht von Schwingungen. Ich würde mich niemals in eine Beziehung drängeln. Jedenfalls nicht wissentlich. Der Moment verflog, wir tanzten wieder. Puh! Gegen den frühen Morgen standen wir draußen. Ich fror. Manuel warf mir sein Jackett über die Schultern. Das hätte romantisch wirken können, wären meine Schultern nicht breiter als seine gewesen. So sah ich aus wie Quasimodo, weil ein Schulterpolster eher auf meinem Rücken statt auf der Schulter lag. Ich konnte es im Spiegel sehen und machte mir beinahe in die Hose vor Lachen. Situationskomik. Unübertrefflich. Manuel bestand darauf mich auf mein Zimmer zu begleiten, um meine Minibar zu filetieren. So tigerten wir los. In meinem Zimmer saßen wir nebeneinander auf dem Bett. Jeder eine Dose Bier in der Hand, die wir nicht tranken. Wir wussten beide, was das für ein Augenblick war. Ich dachte an Ralf und ich dachte wieder an Manuels Freundin. Das wollte ich einfach nicht. Als ich ihm das sagte, schien es, als hätte er es geahnt. Er stand auf und ging zur Tür. Ich ging hinterher. Er drehte sich noch mal um und nahm mich in den Arm. „Ich habe Dich wahnsinnig lieb, Manuel." „Ich weiß, ich Dich auch.", gab er zurück. Wir standen lange so da. Arm in Arm. Und wir wussten, dass wir das Richtige taten, als er ging, ohne dass wir Sex gehabt hatten. Ich war froh, dass ich nicht nach meinem alten Muster gehandelt hatte. Nicht mit ihm geschlafen hatte, damit er mich mochte. Ich wusste jetzt, dass mein Wert nichts damit zu tun hatte, dass ich mich auf eine heiße Nummer reduzierte. In diesem Bewusstsein legte ich mich schlafen. Lächelte. In zehn Stunden würde ich nach Hause fliegen. Zurück zu Ralf und in den Alltag. Das war alles so weit weg. Und die nächste Überraschung auch.

Ende ohne Schrecken

Das Seminar war beendet und ich flog zurück nach Deutschland. Mit an Bord viele andere Teilnehmer. Wir leuchteten geradezu. Naja, wir waren ja jetzt erleuchtet, was sollten wir anderes tun, als vor uns hin zu strahlen. Das erste Teiggesicht, das ich entdeckte, war der Typ an der Passkontrolle. Wenn er sich fühlte, wie er aussah, würde er gleich Selbstmord begehen. Mein Leuchten schien ihn zu stören, auf jeden Fall verdunkelte sich seine, sowieso schon finstere Miene noch ein bisschen mehr, als ich mein „Guten Abend" flötete. Ich hätte ihm gerne geraten, dringend ein Seminar zu besuchen, um sein Leben zu retten. Doch er gab mir zu verstehen, dass ich weitergehen dürfe. Dann halt nicht. ICH war ja schon weise. Weiter ging es, zum Gepäckband. Hier war es noch frappierender. Da kamen Menschen, Familien, offensichtlich aus dem Urlaub, aus südlichen Gefilden und zogen Fressen bis zum Boden. Selbst Menschen, die ich auf dem Seminar noch nicht gesehen hatte, erkannte ich, aufgrund ihres Strahlens, zwischen all den Dunkelbirnen, die mürrisch nach ihren Koffern langten. Hatte ich vor der Reise zum Seminar genauso ausgesehen? Erschreckend. Ich verabschiedete mich mit langen Umarmungen und vielen Küsschen von meinen Seminarkollegen. Wir würden uns auf weiteren Seminaren wiedersehen und in Kontakt bleiben. Als ich zum Ausgang kam, wartete schon Ralf auf mich. Ich war froh, dass er mich abholte, küsste ihn und sprudelte drauf los. Auf halbem Weg Richtung Bonn meinte er: „Komm mal wieder runter." Ich sah ihn an: „Komm Du doch rauf." Der Seminarleiter hatte uns vorgewarnt, dass unser Umfeld möglicherweise versuchen würde, uns runterzuziehen. Er hatte erklärt, dass Menschen keine Veränderungen mögen. Und wenn wir uns verändern würden, würde es sie verunsichern, weil sie dann nicht mehr wüssten, wie man uns händeln konnte. Klingt fies, ist aber menschlich. Mir war es wurscht. Ich blieb hier oben. Wollte Ralf bleiben, wo er war, durfte er das tun. Das war sein Garten, nicht meiner. Wieder zu Hause, ging ich ins Bett, lag wach und erkannte, dass ich anders reagiert hatte als noch vor einer Woche. Die Veränderung war minimal und trotzdem spürbar. Das gefiel mir. Ich schlief ein, mit dem guten Gefühl, dass jetzt vieles besser würde. Am nächsten Vormittag klingelte das Telefon. Ralf wollte vorbeikommen. Ich war etwas verwundert. Die ganze Zeit war ich immer zu ihm gefahren. Eine halbe Stunde später saßen wir auf meinem Sofa, er sah mich an: „Silvia, es tut mir leid, aber ich liebe dich nicht. Ich muss das beenden, weil das so nicht richtig ist." Da. Nun hatte er ausgesprochen, was ich während des Seminars weggeschoben hatte. Ich horchte in mich hinein. Kein Klirren eines gebrochenen Herzens. Kein Wehleiden. Ich erwiderte seinen Blick: „Passt schon, mein Lieber. Ich liebe dich auch nicht. Danke." Das schien jetzt nicht die Reaktion gewesen zu sein, mit der er gerechnet hatte. Denn er wiederholte sich. Ich schnitt ihm das Wort ab: „Es ist ok. Alles in Ordnung. Wir hatten eine gute, witzige Zeit und guten Sex." „Echt jetzt?" „Ja, echt." Sichtlich erleichtert erhob er sich, wir gingen gemeinsam zur Tür. Ein Abschiedsküsschen und meine Beziehung war Geschichte. Ich schloss die Tür hinter ihm und wandte mich meinem Alltag und meiner Abschlussarbeit zu, die nötig war, um das endgültige Zertifikat aus den USA zu erlangen. Akzeptieren, was ist, oder eben nicht ist ein wichtiger Schritt, um die eigene Wirklichkeit zu verändern. Ich hatte akzeptiert, dass ich Ralf nicht liebte und ihn nicht brauchte, um glücklich zu sein. Dass meine bis jetzt erlangte Erleuchtung nur ein kleiner Glimmstängel war, das war mir noch nicht klar.

Alltag mit Unterbrechungen

Der Alltag hatte mich wieder, ich fuhr weiter Taxi und besuchte regelmäßig die Geschäftspräsentationen von *Reich und Schön*, wo ich trotzdem nicht vorankam. Das hielt mich nicht ab, auf eine große Convention der Firma nach Paris zu fahren. Zwei Tage sollte der Spaß dauern und ich reiste mit dem Bus an. Das Event war gigantisch. Dreitausend Menschen, die mit der Firma *Reich und Schön* verknüpft waren. Es gab Vorträge von den Ärzten, die die Produkte entwickelt hatten, und auch die Firmengründer hatten ihre Auftritte. Dazu jede Menge Leute, die es mit der Firma und dem Produktmarketing schon weit gebracht hatten. Trotzdem - bei mir zündete es nicht. Mein Gejubel fühlte sich unecht an. Am Abend hatte ich keine Mitfahrgelegenheit in mein Hotel, somit nahm ich ein Taxi. Wahnsinn, in der schönsten Stadt der Welt die ganze Zeit in einer dunklen Kongresshalle zu sitzen und nichts davon zu sehen. Dafür war ich neun Stunden mit dem Bus angereist? Kurzerhand fragte ich den Fahrer, er sprach zum Glück ganz gut Englisch, was eine kleine Rundfahrt kosten würde. Fünfzig Euro, gab er an. Ich buchte. Paris wollte ich sehen. Auch wenn es nur vom Sitz eines Taxis aus war. Ich wechselte von der Rückbank nach vorne, für bessere Sicht. Lounas, so der Name meines Chauffeurs, warf seinen Plunder auf die

Rückbank. Los ging die Fahrt. Es war herrlich. Notre Dame, der Louvre, Champs-Élysée, Arc de Triomphe und dann der Eiffelturm. Pünktlich zu meinem Eintreffen zündete die Beleuchtung. Lounas erzählte. Über Paris, über sich, über sein Taxibusiness. Wir unterhielten uns großartig, auf Englisch, Deutsch, Französisch mit Unterstützung von Händen und Füßen. Als wir am Ende der Tour am Hotel hielten, nahm er mir dreißig Euro ab. Weil wir Kollegen seien. So ein Herzchen! Ich ließ mir seine Telefonnummer geben. Konnte nicht schaden, einen Fahrer zu haben, wenn ich eines schönen Tages zurückkehrte. Glücklich, diese Gelegenheit genutzt zu haben, schlüpfte ich ins Bett und schlief zufrieden ein. Der zweite Tag der Convention ging vorüber wie der erste. Zurück durfte ich mit Menschen fahren, die es in der Firma bereits zu etwas gebracht hatten. Ich bekam sehr viel Einblick und wertvolle Tipps ums Network-Marketing. Alles prima. Doch wenn ich ehrlich bin, war das schönste Erlebnis Paris bei Nacht in einem Taxi. Das Jahr hatte gerade erst angefangen. Da ging noch was.

Seminare und Sex

Ich wollte endlich raus aus diesem Taxileben. Ich buchte Seminare. Zum Teil waren es Aufbauseminare zu meiner Coaching-Ausbildung oder Seminare zum Thema Mindset. Millionnaires Mind. Verkaufsseminare. Ich war jeden Monat auf Achse. Kreuz und quer, meist Richtung Süden. Das erste Seminar fand am Bodensee statt. Ich war bereits einen Tag vorher da und lernte einen Vertriebler kennen: Miguel. Obwohl er so gar nicht mein Typ war, scharwenzelte ich ständig in seiner Nähe herum. Irgendwas hatte er. Das machte mich ganz kirre. Der erste Seminartag endete und die meisten trafen sich in der Bar. Auch Miguel war da und ich streifte immer noch um ihn herum wie eine hungrige Löwin, die sich nicht traut zuzupacken. Der Abend ging über in die Nacht, die Bar leerte sich. Inzwischen war ich mit Miguel und seinen Kollegen ins Gespräch gekommen. Wir hatten bereits einige Flaschen Wein geleert, die an meiner plötzlich wieder anwesenden verklemmten Geilheit nicht viel rüttelten. Ich spürte, dass er es spürte. Dann stand ich vor ihm. Zu nah vor ihm. Er sah mich an, ich konnte nicht ausweichen. Ein Kuss. Wie aus einer anderen Welt. Ich hatte noch nie jemanden getroffen, der so phänomenal küssen konnte. Hätte er mich nicht im Arm gehalten, ich wäre auf die Knie gesunken. „Was willst du?", flüsterte er in mein Ohr. Zwischen meinen Beinen glühte ein Hochofen, doch ich bekam keinen Ton heraus. Mein Gedanke war: Ich will ficken. Das konnte ich doch nicht so sagen... „Sei ehrlich, was willst du?", hörte ich es wieder in meinem Ohr. „Ich will Sex. Mit dir." Hatte ich das tatsächlich über die Lippen gebracht? Ja, hatte ich. Miguel orderte noch zwei Gläser Wein, die wir mit auf mein Zimmer nahmen, wo wir sehr schnell zur Sache kamen. Es ging lang, über Stunden. Es war heiß. Ich war wieder mal im Himmel. Männer, die wissen, wie man eine Frau anfasst und die auch noch darauf bedacht sind, dass die Frau in orgastischen Höhen schwebt, sind einfach wunderbar. Das sind die Männer, die wissen, dass ihr eigener Sex ebenfalls absolut befriedigend ist, wenn die Frau in Wollust schwelgt. Bei denen gilt: Ladies first. Genau so jemanden hatte ich zwischen meinen Beinen. Schade, dass er keine Beziehung wollte! Das hatte er vorher erklärt. Und ich hatte gedacht, ich könnte das...

Neue Freiheit

Das Seminar dauerte drei Tage. Ich gewann mehr Einblick in die Menschen und die Gründe, warum sie handelten, wie sie es taten. Drei Tage lernen und zwei Nächte mit Miguel. Das war anstrengend, schließlich schlief ich nicht viel. Das Seminar endete und der Mensch, der in mir eine neue Tür in Richtung Freiheit aufgestoßen hatte, Miguel, war weg. Durch ihn war mir klargeworden, dass es absolut in Ordnung war zu sagen, was ich wollte, insbesondere beim Thema Sex. Was mit Richard, in Irland begonnen hatte, durfte nun weiter wachsen. Ich durfte Lust haben. Und ich durfte es sagen. Meine Angst vor Ablehnung war, zumindest auf diesem Gebiet, wie weggeblasen. Auf dem Weg nach Hause hatte ich das Gefühl Monate weg gewesen zu sein. Als wenn ich in meine Heimatstadt käme und sich ganz viel verändert hätte. Doch es war alles beim Alten. Klar, ich war auch nur vier Tage weg gewesen. Wieder zurück ins Karussell der Alltäglichkeiten. Bis zum nächsten Seminar würde ein wenig Zeit vergehen. Ich coachte immer wieder mal. Die Coachings waren sehr intensiv. Ich liebte es die positive Veränderung zu beobachten, die bei den Menschen durch mein Zutun bewirkt wurde. Geld nahm ich keins. Ich dachte, ich sei noch nicht so weit, das zu dürfen. Ich war bestimmt noch nicht gut genug.

Mir war es geradezu unangenehm über Bezahlung nachzudenken, geschweige denn meinen Preis zu nennen. An einem Samstag saß ich alleine zu Hause, dachte wie schön es wäre, jetzt Sex zu haben. Ralf kam mir in den Sinn. Ohne lange darüber nachzudenken, schrieb ich ihm eine Nachricht. „Du hast niemand. Ich auch nicht. Der Sex war gut. Wie wäre es, wenn wir uns weiterhin zum Vögeln treffen?" Ich drückte auf senden. Ich konnte nicht glauben, dass ich das wirklich tat. Das hätte ich vor ein paar Monaten niemals gewagt. Ich hielt die Luft an. Der Anruf kam schnell. Das hätte er ja auch noch nicht erlebt, schallte es durch den Hörer. Ralf war sehr einverstanden und lud mich kurzerhand am Abend zu sich zum Essen ein. Ich packte mein Beauty Case zusammen und fuhr los. Ich klingelte, betrat die Wohnung. Da stand er, einhundertzwanzig Kilo Mann auf ein Meter fünfundneunzig, Kochlöffel schwingend, in Unterhose und T-Shirt. Sozusagen betriebsbereit. So wie ich. Denn so, wie er nichts drüber trug, trug ich nichts drunter. Sex mit dem Ex. Und satt wurde ich auch. Ich hatte nichts zu bemängeln. Befriedigt schliefen wir ein. Am nächsten Morgen kamen wir überein, dass wir das wiederholen würden. Männer haben halt auch Bedürfnisse. Mein Sexualleben war schon mal geregelt. Der Rest würde folgen. Es sollte noch spannender werden in meinem Leben.

Seminarjunkie

Beim nächsten Seminar, auf dem ich aufkreuzte, war ich nicht mal angemeldet. Mittlerweile hatte ich mich mit einigen Teilnehmern angefreundet. Als ich freitags von meiner Taxiablösung in den Feierabend fuhr, ich fuhr der Abendsonne über dem Rhein entgegen, kam Reisestimmung auf. Ich fühlte Sehnsucht. Nach gehaltvollem Austausch und der tollen Energie, die auf und um die Seminare herrschte. Und hier in Bonn gab es niemanden, mit dem ich was hätte unternehmen wollen. Ich beschloss kurzerhand nach Frankfurt zu fahren, buchte ein Zimmer im Seminarhotel, packte meine Tasche und fuhr los. Im Hotel angekommen, warf ich meinen Plunder ins Zimmer und flitzte schnurstracks in die Bar. Da saßen sie! Meine NLP-Familie. Und Miguel. Mein Herz tat einen Hüpfer, trotzdem begab ich mich erst zu meinen Freunden und stieß mit ihnen an. Es tat gut, diese Menschen um mich zu haben, die allesamt die Vision eines freieren Lebens hatten. Kein Gejammer darüber, wie ungerecht das Leben sei. Hier waren sich alle ihrer Eigenverantwortung bewusst. In manchen Ecken des Hotels liefen ein paar Coachings. Ich fühlte mich zu Hause. Der Abend wurde später, das Bier lief gut. Der Gin Tonic auch. Ich begab mich in Richtung Theke, wo Miguel mit seinen Kollegen trank. Als wir uns ansahen, war ohne Worte klar, dass ich nicht in meinem eigenen Zimmer schlafen würde. Am nächsten Morgen wusste ich, dass ich mein Herz verloren hatte. An einen Kerl, der keine Beziehung wollte und der immer noch nicht mein Typ war. Natürlich blieb ich auch die nächste Nacht. Als ich sonntags nach Hause fuhr, war ich selig. Klar, ich war ja durchflutet von Endorphinen. Mittwochs waren sie abgebaut und ich fiel in ein tiefes Loch. Spitze! Das war wie früher mit Speed. Himmelhochjauchzend, während Du drauf bist, beim Runterkommen zu Tode betrübt! Und wie beim Speed konnte ich es einfach nicht sein lassen. Obwohl Miguel, wenn ich ihn anrief, kühl und reserviert, ja fast geschäftsmäßig war, ließ ich mich bei jedem Seminar aufs Neue ein. Während der Seminare Sex mit Miguel, zu Hause Sex mit dem Ex. Die körperliche Befriedigung war somit gewährleistet. Ich lebte das Prinzip Hoffnung: Vielleicht wollte Miguel ja doch irgendwann. Ich tat genau das, wovon ich jeder Frau abgeraten hätte. Und ich belog mich selbst, indem ich so tat, als würde mir das Konkubinen-Dasein nichts ausmachen. Als sei das cool, was ich tat. War es auch, vorausgesetzt man stand auf diese Art der Qual. Scheinbar wickelte ich mich gerne in Stacheldraht. Wir trafen uns in einem Fünf-Sterne-Hotel, außerhalb der Seminare. Ich merkte, dass mir seine Art, über alles zu mosern, gegen den

Strich ging. Trotzdem hielt ich an ihm fest. Zu Hause litt ich vor mich hin. Sehnsucht nach echter Nähe plagte mich. Mit Ralf erlebte ich wenigstens was. Außerdem war er witzig. Er brachte mich zum Lachen. Und wenn er mich auch nicht abgöttisch liebte, er wusste mich als Person und auch meine Talente zu schätzen, womit ich nicht den Sex meine. Schreiben war unsere gemeinsame Leidenschaft. So verging das Jahr. Ich entwickelte mich in vielen Bereichen weiter. Mein Geist wurde weit. Plötzlich erfasste ich komplexe Strukturen. Ich hatte Eingebungen, wie das Quantenfeld aussah. Wie wir darin wirken. Immer häufiger hatte ich das Gefühl, mit allem verbunden zu sein. In diesen Momenten war alles gut. Meine Rücklagen schmolzen langsam dahin. Das schürte die Angst. Existenzangst. Ich stieg in Geschäfte ein, die mich eigentlich gar nicht interessierten, aber sie versprachen Geld. Auch hier: Prinzip Hoffnung. Anstatt mich endlich darauf zu fokussieren, meine Coachings anzubieten, steckte ich mein Geld in Strukturen, die schon von weitem nach Beschiss rochen. No risk no fun. Oberflächlich schien es die Jagd nach dem schnellen Geld zu sein. Tiefer geschürft, hatte es noch ganz andere Gründe. Das wusste ich nur noch nicht. Manchmal braucht es halt ein bisschen länger mit der Erleuchtung.

Hellsehen oder so ähnlich

Ich bin auf einem Seminar. Der Saal sieht genauso aus wie bei meiner Ausbildung. Die Discobeleuchtung ist an, die Musik wummert. Etwas packt mich. Reißt mich nach oben. Es scheint in mir und außerhalb von mir gleichzeitig zu sein. Ich kämpfe dagegen an, dass es mich durch den Saal wirbelt. Hin und her fliege ich durch die Luft, über den Köpfen der Teilnehmer. Immer stoppt es kurz vor der Wand. Ich habe Angst, dass es mich an die Wand klatscht, ich dann tot bin. Dann hänge ich über der Bühne, in der Luft. Als sei ich gekreuzigt, bloß ohne Kreuz. Etwas versucht aus mir zu sprechen. Es klingt wie die Geister in Horrorfilmen. Ich will das nicht. Kämpfe gegen die Stimme, die sich aus meinem Hals ringen will. Dränge sie zurück. Das Etwas lässt mich los, ich falle zu Boden. In Embryohaltung liege ich da, zittere am ganzen Leib. Der Seminarleiter tritt zu mir, beugt sich herunter, fasst mich an der Schulter und fährt erschrocken zurück: „Mädchen, du bist ja eiskalt!" Zitternd lag ich in der Dunkelheit meines Schlafzimmers. Mir war kalt. So kalt. Dabei war es eigentlich warm hier. Ich fühlte immer noch die Angst aus dem Traum, stand auf, ging ins Wohnzimmer. Rauchen. Ich wartete, bis der Rest des Traums von mir abfiel. Das war nicht einfach so dahin geträumt gewesen. Aber was wollte mein höheres Selbst mir sagen? Ich fuhr immer noch Taxi. Der Chef eröffnete mir, dass er keine Schichten mehr für mich hätte, bis Februar. Toll! Und jetzt? Die Rücklagen, überwiegend in Bildung gesteckt, waren dünn geworden. Drei Monate ohne Job? Zur ARGE? Nö. Ich hörte mich um, ergatterte eine Stelle als Nachtfahrerin in dem Taxibetrieb zweier Kurden, die ich gut kannte. Das war jetzt wirklich Back to the roots. Vor dreiundzwanzig Jahren hatte ich als Nachtfahrerin bei meinem Vater angefangen. Nichts geschieht ohne Grund. Das wusste ich. Warum ich ein Leben auf Warteschleife führte, wusste ich jedoch nicht. Das Ende des Jahres rückte näher. Ich hatte mir tonnenweise Wissen angeeignet, das jeden, mit dem ich zu tun hatte, weiterbrachte, weil ich es großzügig in der Welt verteilte. Immer noch, ohne Geld dafür zu nehmen. Anscheinend war ich die einzige, die mein erworbenes Wissen nicht in Weisheit umsetzte. Bildlich gesprochen, zündete ich all den Raketen um mich herum die Zündschnur an, ohne das Feuer an meine eigene zu halten. Ich meldete mich als Wiederholerin bei meinem ersten Ausbildungsseminar an. Es sollte endgültig den letzten Hemmschuhen ans Leder gehen, die mich am Starten hinderten. Miguel würde auch dort sein. Ich freute mich auf ihn. Im Januar sollte es losgehen. Bis dahin flackerte immer wieder die Erinnerung an meinen Traum auf.

Möglicherweise wusste ich bald, was es damit auf sich hatte. Eines schönen Tages im Dezember eröffnete mir Ralf, er habe jetzt seine Herzdame gefunden. Somit war mein Konkubinen-Status, ihn betreffend, beendet. Weihnachten kam, ich feierte nicht, bekam es nicht mal richtig mit. Es ging vorüber. Silvester kam, Silvester ging. Januar. Neues Jahr. Ich war gespannt, was es bringen würde.

Déjà-vu

Diesmal startete ich vom Frankfurter Flughafen. Die Türkei erwartete mich und über fünfhundert andere auf einer Insel. Die Anreise war unkompliziert. Das Hotel war ähnlich wie das im letzten Jahr. Ein großes Haupthaus mit Säulengang, in dem sich auch die Bar befand. Zum Seminarsaal ging es an Wasserfontänen vorbei. Vom großen Pool, am Speisesaal, blickte man direkt auf das Meer. Traumkulisse. Wieder hieß es neun Tage lernen, an mir arbeiten, coachen, gecoacht werden, neue Kontakte knüpfen, alte Bekannte und Freunde wiedersehen und natürlich feiern. Abends in der Bar war es endlich so weit. Miguel kreuzte auf. Wir hatten uns schon im Vorfeld für die erste Nacht verabredet. Im Team seines Mentors entdeckte ich ein neues Gesicht. Eine junge Frau. Marianne, wie ich erfuhr. Wie immer, wurde zünftig gefeiert; drinnen wie draußen. Es gab so viele Menschen zu umarmen. Es war wundervoll, so viele Gesichter auf einmal wiederzusehen. Trotzdem war ich nervös. Als wenn etwas nicht ganz stimmig wäre. Ich konnte das Gefühl nicht zuordnen und kompensierte es mit Gin Tonic. Das half immer. Nach Mitternacht ließ ich mich in der Bar sehen, tauschte vielsagende Blicke mit Miguel. Zwei Stunden später trafen wir uns in meinem Zimmer. Ich war hungrig. Fast drei Monate hatte ich darauf gewartet, ihn endlich wieder zu spüren, zu riechen, zu küssen. Viel Schlaf bekamen wir nicht, bevor er sich am frühen Morgen aus meinem Gemach stahl, um unentdeckt in seines zu gelangen. Meine Muskeln hatten lange nichts mehr von Lust erzählt, umso wohliger empfand ich das leichte Ziehen, das sich in meiner Muskulatur bemerkbar machte. Frühstück, Seminar, abends in die Bar. Der Ablauf war nur insofern anders, als dass ich als Wiederholerin als Notfall-Coach fungierte, wenn die Master-Coaches überlastet waren. Das war toll. Mehr Menschen, denen ich helfen durfte. Als ich abends in die Bar kam, war dort wieder dieses unstimmige Gefühl. Ich verstand nicht, was los war. Bis später am Abend Miguel mich zur Seite nahm, um mir zu eröffnen, dass er Marianne liebte und das mit uns somit vorbei sei. Unter mir tat sich der Boden auf. Ich fühlte mich schwerelos. Die Geräusche traten in den Hintergrund. Ich fühlte, wie ich innerlich zerbrach. Aber meine Fassade hielt. Ich war wütend. Nicht auf die andere. Nein, auf Miguel. Er hatte es gestern bereits gewusst und mich trotzdem gefickt. Das machte es so ekelhaft. Ich fühlte mich vorgeführt, verhöhnt, bloßgestellt, verarscht. Wie damals in der Schule, die hatten es genauso gemacht. Eingeschleimt und dann hatten sie mich demontiert. Und wie ich es Jahre, Jahrzehnte lang antrainiert hatte, fuhr ich meine Maske hoch. In Millisekunden war sie einsatzbereit: Souveränität, Fröhlichkeit, Selbstbewusstsein nach außen. Und drinnen, in einer Ecke lagen blutend mein Herz und meine Seele. Ich würde eher sterben, als mir etwas anmerken zu lassen. Unsere Liaison war ein offenes Geheimnis gewesen. Ich würde niemandem den Gefallen tun und die Möglichkeit bieten, sich über mich lustig zu machen. Ich war bloßgestellt. Meine Würde wollte ich mir erhalten. Wut und Zorn, meine treuen Schlachtrösser hielten mich aufrecht. Sie würden mich durch die restlichen sieben Tage tragen. Manche Geschichten wiederholen sich. Ich ging ins Bett, träumte wirres Zeug und erwachte mit Stimmen im Kopf. Ich hörte, wie die Leute über mich sprachen, hatte Angstzustände, wollte das Bett nicht verlassen. So wollte ich es nicht belassen, rief Antje, meine Wuchtbrumme an, die auch zum zweiten Mal das Seminar besuchte. Sie kam vorbei, hatte Verstärkung mitgebracht, für den Fall, dass ich durchdrehen würde. Nach zwei Stunden Coaching war ich stabil und konnte ohne Angstzustände das Zimmer verlassen. Ich beschloss, mich reinigen zu lassen und buchte eine Behandlung inklusive Massage im Hamam. Noch eine neue und besondere Erfahrung, die auf mich wartete.

Irische Klänge

Als ich mich im Hamam anmeldete, fragte man mich, ob ich einen Mann oder eine Frau als Masseur wolle. Mir egal. Ich war einfach zu erschöpft, um mir darüber Gedanken zu machen. Ich bekam meine Handtücher und nahm im Wartebereich Platz. Als ich gerade wegdöste, berührte mich jemand sanft an der Schulter. Da stand ein junger Mann, vielleicht fünfundzwanzig Jahre alt, und bedeutete mir mitzukommen. Yalcin sein Name. Ich war zuvor noch nie in einem Hamam gewesen und hatte überhaupt keine Ahnung. Doch Yalcin war Profi, dirigierte mich da hin, wo ich hin sollte. Zuerst nahm ich auf dem großen runden Marmorblock in der Mitte meinen Platz ein. Er begann Wasser über mich zu gießen. Danach verteilte er mit Hilfe eines großen Baumwollsacks Schaum über meinen Körper, den er einmassierte. Die Berührung tat mir gut. Ich entspannte mich. Nachdem er mich massierend eingeseift hatte, holte er mich an ein Becken in der Wand und spülte die Seife von meinem Körper. Danach wickelte er mich, wie ein Baby, in Tücher und brachte mich zurück in den Wartebereich, wo ich wieder erschöpft abschmierte. Wieder die sachte Berührung an der Schulter. Yalcin führte mich in einen Behandlungsraum. Kerzen brannten. In der Mitte stand eine Massageliege, es duftete nach feinen Ölen. Ich legte mich bäuchlings auf die Liege und Yalcin begann mit der Massage. Ich fühlte, wie verspannt ich war. Kein Wunder. Wer stark spielt, obwohl er eigentlich am liebsten weinend nach Hause geflogen wäre, verkrampft sich. Doch Yalcin wusste, was er tat, und ich entspannte mich mehr und mehr. Im Hintergrund lief leise Musik. Langsam tropfte sie in mein Bewusstsein. War das keltisch? Ja! Yalcin bedeutete mir, mich umzudrehen. Ich lag da, er massierte meine Waden, als die keltische Musik mein Herz erreichte. Tränen bahnten sich den Weg über mein Gesicht, wurden mehr. Yalcin war jetzt an meinen Armen angekommen und sah, dass ich weinte. In gebrochenem English fragte er, ob alles in Ordnung sei. Ich nickte nur. Doch ich konnte nicht aufhören zu weinen. „Moment", sagte er und verließ den Raum. Ich weinte weiter, konnte nicht aufhören, so sehr ich es versuchte. No chance. Ich war so traurig und mein Herz tat so weh. Yalcin kam zurück und der Manager des Hotels blickte in den Behandlungsraum. Sie wechselten wenige Worte und der Anzugträger verschwand. Yalcin machte sich wieder an die Arbeit, massierte mich weiter. Meine Beine, meine Arme, den Hals, meinen Kopf, mein Gesicht. Er half mir, mich aufzusetzen, lehnte mich mit dem Rücken an seinen Oberkörper. Seine Hände fanden meine Brüste, massierten meine Brustwarzen, glitten weiter über meinen Bauch, zwischen meine Schenkel. Ich hatte bisher nur von Tantramassagen gehört, keine Ahnung, ob das eine war. Zuerst stockte ich kurz. Dann ließ ich es geschehen. Wenn ich kurz aufstöhnte, machte er: „Pssssst..." Dann küsste er mich, kam vor mich, nahm mich auf der Liege. Massierte mich weiter. Ich konnte nicht glauben, dass das gerade passierte, aber ich genoss es. Mehr als einmal brachte er mich mit seinen Händen zum Höhepunkt. Dann ließen seine Hände langsam streichend von mir ab. Die Hand an der Stirn, lag ich auf der Liege und sah an die Decke, die Musik war immer noch da und ich grinste. Lächelnd blickte Yalcin auf mich hinab:" Now, you're happy?" Ich musste lachen, als ich sagte: „Yes, now I'm happy." Ich war von den Socken. Das war jetzt wirklich passiert. Und mir ging es wirklich gut. Vorübergehend.

Hollywood, oder the Oscar goes to…

Silvia Meerbothe. Sieben Tage. Sieben Tage, die ich die Maskerade aufrechterhielt. Sieben Tage, an denen ich lachte und innerlich blutete. Sieben Tage, in denen Scham, Wut, Trauer wie glühende Eisenspieße in mein Seelenfleisch stachen. Jeden Tag die Beiden sehen. Jeden Tag so tun, als sei es mir scheißegal. Jeden Tag die Souveräne mimen. Für diese Leistung verdiente ich einen Oscar. Jeden Tag aufs Neue richtete ich mich auf. Abends tanzte ich in der Disco gegen meinen Untergang an. Beim Tanzen schöpfte ich Energie. Gab ich Coachings, schob ich es beiseite. Packte es in ein Verließ. War mein Energielevel nach dem Coaching down, brach es hervor. Ich weinte heimlich. Bekam ich Coachings, schob ich es ebenfalls weg, mit dem Erfolg, dass es in der Trance über mich herfiel. Dann weinte ich auch. Ich sprach nicht darüber. Schließlich wollte ich nicht verantwortlich sein, wenn er, Miguel, seinen Job verlor. Dieses Seminar, das eigentlich dazu dienen sollte, mir endlich die letzten Blockaden zu sprengen, die mich noch zurückhielten, war zur Hölle auf Erden geworden. Und ich kam nicht weg. Meine Rücklagen erlaubten mir nicht, einfach abzubrechen und irgendeinen Flug zu buchen, um mich zu befreien. Durchhalten. Ich ging an den Strand, musste Druck ablassen. Erst rannte ich den Strand entlang. Das reichte nicht. Ich merkte, dass ich zu lange den Schmerz verdrängt hatte. Er saß fest, in meinem Solarplexus. Ich fühlte mich wie ein Vulkan vor der Eruption, doch die blieb aus. Energiestau. Ich stellte mich mit den Füßen ins Meer. Es sollte wenigstens etwas von dieser dunklen Energie herausziehen. Ich schrie gegen die Brandung an. Ich schrie so lange, bis meine Stimme brach. Wie ein Lautsprecher, den man überfordert hatte, riss sie einfach ab. Ab da konnte ich nur noch flüstern. Egal, ich hatte sowieso nichts zu sagen. Es ging weiter. Am Galaabend saß ich an einer Tafel. Mit dem glücklichen Paar. Ich hätte kotzen können. Doch ich lachte. Über drei Jahrzehnte hatte ich das immer wieder geübt. Diese Rolle saß. Und sie tat weh. Das Seminar endete und ich war froh, endlich nach Hause zu dürfen. Zwei Tage nachdem ich heimgekommen war, wurde ich geschieden. Fünf Minuten, um siebzehn Jahre zu beenden. Wir waren friedlich auseinandergegangen. Obwohl ich es gewollt hatte, heulte ich zu Hause. Jedes Ende ist ein kleiner Tod und darf angemessen betrauert werden. Ich war auf Talfahrt. In der Nacht nach der Scheidung begann die Katharsis: Ich erwachte und hatte das Gefühl Stecknadeln geschluckt zu haben. Ich hustete, dass ich beinahe erbrochen hätte, ich schlotterte am ganzen Körper, meine Zähne klapperten. Das Fieberthermometer verkündete vierzig Grad Körpertemperatur. Ich schlief wieder ein. Die Stimmen in meinem Kopf waren zurück. Hielten Gericht über mich. Fünf Tage ging das so. Angstzustände, Stimmen im Kopf, Fieber, Husten. Ich stand nur auf, um meine Notdurft zu verrichten und zu trinken. Weder wusch ich mich, noch putzte ich mir die Zähne. Ich wechselte weder Kleidung, noch Bettzeug. Vermutlich roch meine Behausung wie ein Pumakäfig. Mir war es egal. Bevor es hell wird, ist es noch mal richtig dunkel.

Phoenix oder auferstanden von den Toten

Nach fünf Tagen Katharsis erwachte ich. Ein Sonnenstrahl stieß durch eine Lücke im Vorhang. Staub tanzte in der laserartigen Erscheinung. Die Stimmen in meinem Kopf waren weg. Ich konnte frei atmen und mein Kopf fühlte sich so klar an wie ein Kristall. Ich duschte, bezog das Bett und trat bei eisiger Kälte auf den Balkon. Etwas regte sich in mir. Eine Erkenntnis. Ich fühlte sie mehr, als dass ich sie mit dem Verstand greifen konnte. Jede Zelle meines Seins erkannte. Erkannte, dass ich mich immer über die Männer definiert hatte. Und über meine Freunde. Über meine Arbeit. Über das Außen. Wie Schmuck hatte ich mir all das ans Revers gehängt und mir so mit Äußerlichkeiten eine Identität geschaffen. Auch spürte ich bis in die letzte Ecke, dass das vorbei war. Es war vorbei, weil ich erkannt hatte. Ich sah vor meinem inneren Auge, wie ich alle möglichen Rollen gespielt hatte, um Anerkennung zu erlangen. Verträge und Geschäfte hatte ich aus reiner Eitelkeit abgeschlossen, um als tolle Geschäftsfrau dazustehen. Aus Arroganz hatte ich nicht gewagt, Dinge zu hinterfragen, hatte Leuten nach dem Mund geredet, um bloß dazuzugehören, um nicht verlassen zu werden. Ich sah all das und mir wurde übel. Übel, weil mir klar wurde, wie manipulierbar ich gewesen war, wie sehr ich manipuliert hatte, nur um Anerkennung, Aufmerksamkeit und Liebe zu erlangen. Um nicht alleine dazustehen. Auch sah ich, dass ich das schon seit Jahrzehnten praktiziert hatte. Schon als Kind! Eine Frage kroch durch meine Hirnwindungen in den Vordergrund: WER BIN ICH? Ich stand auf dem Balkon und hielt die Luft an. WER BIN ICH? Oder: WER WILL ICH SEIN? Mir schwante, dass nun der Moment gekommen war, ein neues Buch zu schreiben. Es war an der Zeit, das Leben als die Person zu leben, die ich tatsächlich war. Nach meinen eigenen Erwartungen, nicht nach den Erwartungen anderer. Zumal ich diese Erwartungen in die Menschen hineininterpretiert hatte. Nie hatte ich mich gefragt, ob meine Vermutungen der Wahrheit entsprochen hatten. Als Kind programmiert, hatte ich einfach nach diesen alten Konditionen gehandelt. Soweit meine Erkenntnisse. Beim Erschließen neuer Wege tauchen jedoch manchmal Dinge auf, mit denen man gar nicht rechnet. Karma lässt grüßen. Mein Karma wartete bereits auf mich. Und alte Muster können ganz schön hartnäckig sein.

Erleuchtung mit Hindernissen

Einige Zeit nach den Erkenntnissen bezüglich meiner Muster hatte ich wieder mit Angstzuständen zu kämpfen. Mein neuer Weg hatte gleich zu Anfang eine Überraschung für mich bereit, die mir vor lauter Lernen, Seminaren und Vögeln absolut entgangen war: Das Finanzamt wollte Geld. Viel Geld. Ein paar tausend Euronen, die ich selbstverständlich nicht hatte, weil ich alles in meine Ausbildung und, ja zugegeben in ein schönes Leben gesteckt hatte. Trotzdem, die Herausforderung war nun mal da, und mir ging der Arsch auf Grundeis. Existenzangst. Nun hätte ich alle Möglichkeiten gehabt, Geld zu verdienen. Ich hatte eine spitzenmäßige Coaching-Ausbildung absolviert, ich musste mein Coaching nur bewerben. Aber nein, in mir saß immer noch die Angst, einen Fehler zu machen. Nicht gut genug zu sein. Und einen angemessenen Preis war ich auch immer noch nicht in der Lage zu nennen. Allmählich ging ich mir selbst auf die Nerven damit. Zwischenzeitlich hatte ich einen Hypnotiseur kennen gelernt. Den rief ich an, als ich vor lauter Angst wieder einmal nicht das Bett verlassen konnte. Eine halbe Stunde später hatte er mich stabilisiert und ich eine Sitzung bei ihm gebucht. Außerdem würde ich noch eine weitere Hypnose-Ausbildung machen, ebenfalls bei ihm.

Andere waren irgendwie geschäftstüchtiger als ich. Auch mein Hypnotiseur. Zusätzlich ließ ich mich in Online-Marketing schulen. Arbeitete vehement an meinen Glaubenssätzen über Geld und war damit schon mal in der Lage, meinen Preis zu nennen. Es schien langsam, sehr, sehr langsam wieder bergauf zu gehen. Die Herausforderung mit der Steuernachzahlung schwebte trotzdem noch über mir wie ein Damoklesschwert. Auf einem weiteren Seminar lernte ich Marc kennen. Wir verstanden uns gut, obwohl wir zu Beginn, in den Pausen, wie zwei Ziegenböcke kleine Machtkämpfchen miteinander austrugen. Er war ein bisschen das Modell graue Maus. Groß. Brille. Unauffällig. Und stur. Aber, und das gefiel mir, außerordentlich zuvorkommend und höflich. Mein seismografischer Bauch gab mir zu verstehen, dass das nur die Oberfläche war. ITler sei er. Selbstständig. Aus München. Er hatte im Gespräch mitbekommen, dass ich mit meiner Buchhaltung absolut überfordert war (genau genommen war sie kaum existent). Die Tatsache, dass ich Coach war, ließ ihn den Vorschlag machen, ich solle ihn coachen, im Gegenzug würde er mir bei der Buchführung helfen. Das war ein Wort. Ich schlug ein. Im weiteren Verlauf kamen wir auf den Roman „Shades of Grey" zu sprechen. Mein neuer „Buchhalter" war erstaunlich sachkundig. Sachkundiger als ich. Mein Bauch hatte sich nicht getäuscht. Von wegen graue Maus...Visitenkarten wurden ausgetauscht und ich fuhr ihn noch zum Flughafen, so groß war der Umweg nicht. Ich war gespannt, ob er sich melden und Wort halten würde. Während all das geschah, fuhr ich immer noch Taxi. Das Geld schmolz. Ich konnte aber auch machen, was ich wollte. Nichts funktionierte. Die Werbung schluckte wieder Geld und brachte...nichts. Eher halbherzig versuchte ich mein Network mit Kryptowährungen zu beleben. Doch ich war nicht mit dem Herzen dabei. So funktionierte das nicht. Das einzige, was lief, war meine Zeit. Und zwar davon. Nach einigen Wochen meldete sich Marc. Irgendwo aus Asien. Wir machten einen Termin fest, um sein Coaching abzuhalten. Ab da telefonierten wir öfter und die Telefonate wurden heißer. Ein Foto wurde geschickt. Eine Gerte. Andere winken mit dem Zaunpfahl. Er mit Reitgerät. Ok, jetzt war es auf dem Tisch. Ich hatte meinen ganz persönlichen Mr. Grey und war neugierig. Mein Alltag wurde immer arbeitsreicher. Taxifahren nachts, tagsüber an meinem Marketing feilen. Am Wochenende steckte das Wochenendblatt, die kostenlose Zeitschrift, in meinem Briefkasten. Irgendwie musste Geld her. Am besten mit etwas, das ich mit Freude tat und was ich gut konnte...Ich durchforstete die Anzeigen: BEGLEITAGENTUR PAULA SUCHT AUFGESCHLOSSENE DAMEN BIS 55 strahlte mich dort an. Ich saß da. Starrte auf die Anzeige. Wieso eigentlich nicht? dachte ich mir. Schneller und einfacher konnte ich kein Geld verdienen. Ohne nachzudenken, wählte ich die angegebene Nummer. Paula war nett. Sie hätte auch Zahnbürsten verkaufen können. Ein wirklicher Begleitservice war ihr Business nicht. Die Herren kamen nach Hause. Wir waren uns schnell einig. Ich gehörte nun zum Team ihrer Desperate Housewives. Der erste Anruf kam schnell. Zwischen aufstehen und Taxischicht kündigte sich der erste Kunde an. Verdammt! Ich hatte noch nicht aufgeräumt. Jetzt aber schnell. Staubsaugen. Bett beziehen. Duschen. Ich war gerade fertig mit dem ganzen Tamtam, da klingelte es schon. Ich lugte in den Flur. Puh! Älter, aber tageslichttauglich. Den Kaffee nahm er gerne. Nach ein bisschen Smalltalk verzogen wir uns ins Schlafzimmer. Das lief besser als erwartet. Ich kam voll auf meine Kosten. Und ich bekam Geld. Bingo! Als er gegangen war, das Bett neu bezogen. Nochmals duschen, dann aufs Taxi. Drei Stunden waren vergangen. Insgesamt machte ich so drei Termine, dann wurde mir das Prozedere zu stressig. Ich wusch mehr Bettwäsche als ein Hotel! Und die Zeit, die dabei draufging! Ich kam nicht mehr dazu, mein Coaching-Business in die Spur zu bringen. Das gefiel mir nicht. Paula fand es schade, dass ich nicht mehr zur Verfügung stand. Mr. Grey, aka Marc, meldete sich. Er hatte beschlossen, dass wir das Coaching in Dornbirn/Österreich abhalten würden. Mit dem Flixbus fuhr ich bis kurz vor München, wo Marc mich in Empfang nahm und die Weiterfahrt zum Ort des Geschehens übernahm. Wir residierten königlich. Eine Suite im Sheraton, sechste Etage. Das ließ ich mir gefallen. Fünf Tage waren eingeplant. Erst Coaching, dafür hatte ich zwei Tage angesetzt, weil er total verkopft war. Ich ahnte, dass er irgendwo sein Reitsportgerät versteckt hatte und der Moment kommen würde, an dem ich mich sexuell auf ein neues Spiel einlassen würde. Wenn es mir nicht gefiel, konnte ich es immer noch sein lassen. Jugend forscht. Das Coaching lief gut. Der Sex mit Einflüssen aus dem BDSM spannend, anregend, befriedigend. Fünf Tage später hatte ich eine Freundschaft plus und war um einige sexuelle Erfahrungen reicher. Wir vereinbarten einen Termin für meine Buchhaltung. Mein Leben drehte weiter Loopings. Zwar umschiffte ich die Klippe Finanzamt mit Hilfe von Marc, ich musste letztlich nichts zurückzahlen, doch bewegte ich mich finanziell auf immer dünnerem Eis. Manchmal dachte ich zurück an die Zeit meiner Ehe. Wenn ich auf dem Sofa lag, mein geliebter Kater schnurrend auf meiner Brust und das zusätzliche Einkommen vom Herrn Gemahl im Rücken. Dieses Gefühl von Sicherheit, Geborgenheit. Wenn es finanziell besonders eng war, dann kamen diese Gedanken.

Dann war das alles gar nicht so schlecht gewesen. Ich teilte meine Gedanken mit meiner Freundin. In solchen Momenten, wenn du an deinen Entscheidungen zweifelst, sind echte Freunde Gold wert. Menschen, die nicht dein Gejammer bestätigen, sondern dich daran erinnern, WARUM du gegangen bist. Die dich aus diesem Reuemodus herauszerren und dir zeigen, dass dein Leben ziemlich cool ist. „Darf ich dich daran erinnern, dass du Depressionen und Panikattacken hattest? Dass du richtig unglücklich warst? Dass du dir Raum für dich selbst gewünscht hast? Dass du dir gewünscht hast, deine Zeit und deine Wohnung so zu gestalten, wie du es dir wünschst? Dass du dir ein Leben ohne Fernseher gewünscht hast? Und darf ich dich darauf aufmerksam machen, dass du all das erreicht hast? Dass du eine Bombe in deinem alten Leben gezündet, alles hinter dir gelassen und wieder neu aufgebaut hast? Du hast eine eigene Wohnung, wie du es dir gewünscht hast. Du hast Zeit zum Meditieren. Du hast ein tolles, neues Umfeld. Das einzige, was noch hakt, sind die Finanzen und dein Weg in die Selbstständigkeit, obwohl du sogar schon selbstständig bist. Sieh, wie weit du bereits gekommen bist, und hör auf einer Illusion hinterher zu trauern." Bumms! Das saß und zeigte Wirkung. Sie hatte recht. Es war, als hätte jemand das Licht eingeschaltet. In mir herrschte Klarheit. Die Reue war verschwunden. Ich beschloss, es musste sich etwas ändern.

Schläge auf den Hinterkopf...

erhöhen das Denkvermögen, sagt der Volksmund. Ich suchte mir einen anderen Job. Fahrradkurier. Im November. Meine Freunde und Kollegen fragten mich, ob ich mir der Jahreszeit bewusst sei. Ja, war ich. Am ersten November war mein erster Arbeitstag und entgegen allen Unkens war es relativ warm. Die Sonne schien, als ich mich auf meinem Drahtesel zur Schicht aufmachte. Dass ich zwei Jahre keinen Sport getrieben hatte, war mir scheinbar entfallen, hatte ich mich gleich am ersten Tag für fünf Stunden eintragen lassen. Während der vierten Tour ging mir der Job schon auf die Nerven. Von einer App getaktet zu werden, war echter Stress. Mehr als einmal verspürte ich den Wunsch, das Telefon in die Ecke zu pfeffern. Tour Nummer sechs. Es waren knappe eineinhalb der fünf Stunden vergangen, als ich mir dachte, wie bescheuert man doch sein musste, sich auf so einen Job zu bewerben und dann direkt fünf Stunden am ersten Tag zu fahren. Das Universum spricht mit uns. Immer. Ich hatte häufig nicht verstanden, was es mir sagen wollte, doch diesmal war die Antwort unmissverständlich: Zwischen Landgericht und Shisha-Bar geriet ich mit den Rädern in die Bahnschienen. Ich weiß nicht, ob ich besonders elegant fiel. Ich weiß aber, dass ich den Sturz selbst nicht mehr erinnere. Da lag ich. Viele Gesichter blickten auf mich und einige wollten helfen. Mein Körper bestand aus Schmerz, also ließ man es sein. Sirenen ertönten. Ich wurde alles Mögliche gefragt, worauf ich scheinbar verwirrt antwortete. Mit dem Rettungswagen wurde ich ins Krankenhaus verfrachtet. Im Flur geparkt. Über mir zwei Ventile in der Wand: Sauerstoff und Lachgas. Von letzterem hätte ich gerne eine Portion inhaliert. Mir war zum Heulen. Wieso griff ich immer so in die Scheiße? Die Untersuchungen ergaben, dass ich lediglich Prellungen über den gesamten Körper verteilt und eine Gehirnerschütterung hatte. Ich bestellte mir ein Taxi (jetzt saß ich hier schon wieder drin!), und fuhr nach Hause. Jedoch nicht, ohne vorher mein Rad an der Shisha-Bar abzuholen. Am nächsten Tag schillerte ich in allen Farben. Blutergüsse überall. Jede Bewegung schmerzte. Der Durchgangsarzt schrieb mich krank. Vier Wochen. Viel Zeit zum Nachdenken. Und zum Meditieren. Doch zuerst kümmerte ich mich um einen Job mit mehr Knautschzone und kam bei einem Mietwagenunternehmer unter. Die Miete war nach der Krankmeldung und der Fahrradkuriergeschichte schon mal sicher. In Meditation sah ich mir meine Situation an. Wie ich gehandelt hatte die letzten Jahre. Und ich fragte mich, warum ich einfach nicht weiterkam. Was wartete die ganze Zeit darauf, endlich von mir in die Welt gebracht zu werden? Nach der Meditation legte ich mich auf die Couch. Schlief ein. Wurde wach. Weinte. Schlief wieder ein. Halbwach sein, einschlafen. Als ich wieder einmal die Augen aufschlug, war es bereits dunkel. Aber in mir war es hell. Ich beschloss endlich zu tun, was ich schon seit meiner Kindheit tun wollte. Am gleichen Abend begann ich mit der Umsetzung, war dabei glücklich und im Flow. Es fühlte sich vertraut an, wie etwas, das man schon tausende Male getan hat. Mit jeder Minute wuchs die Freude, es endlich zu tun. Ich verlor das Raum- und Zeitgefühl, löste mich auf in meinem Projekt. Von nun an arbeitete ich jeden Tag daran. Ich erzählte Ninja Maja davon. Ich hatte sie auf einem Seminar kennen gelernt und sie war mir eine wertvolle Freundin geworden. Sie bekam die erste Kostprobe. Ich wusste, sie würde mir offen und ehrlich ihre Meinung sagen. Das schätzte ich sehr an ihr. Ebenso ihre Begeisterungsfähigkeit. Nach der ersten Probe freute sie sich mit mir, als sei es ihr eigenes Baby. Sie bestärkte mich, weiter zu machen. Feuerte mich regelrecht an. Es gab kein Halten mehr. In der Mittagspause arbeitete ich an meinem Projekt. Nach der Arbeit, vor der Arbeit. Ich war im Fieber. In Love. Immer wieder kredenzte ich Kostproben. Nicht mehr weil ich Bestätigung brauchte. Nein, weil ich mich so sehr freute, über das, was da entstand. Wie hatte ich das so lange verdrängen können. Das war es, was ich leben wollte!

Finanziell steckte ich immer noch im Desaster, denn noch gab es für mein Tun kein Geld. Ich ging in Vorkasse mit meiner Zeit. Ich hatte keine Ahnung, ob ich damit Erfolg haben würde. Doch das war mir egal. Ich tat es der Sache wegen. Ich liebte es. Im März war es soweit. Ninja Maja kümmerte sich um das Marketing. Niemand wäre dafür besser geeignet gewesen. Am Tag der Veröffentlichung weinte ich. Mein Buch erblickte die Welt. Und es wurde ein Bestseller. Ich hielt Lesungen vor vollen Häusern. Ich reiste, durfte vorlesen und bewegte die Menschen. Zusätzlich verdiente ich endlich Geld. Mit etwas, das ich von ganzem Herzen liebte. Mein Kindheitstraum war Wirklichkeit geworden.

Nachwort der Autorin

Was schreibt man in ein Nachwort? Vielleicht das...

Zwei Dinge möchte ich dir mit auf den Weg geben:

Egal, was du tust – tue es aus dir heraus und verbieg dich nicht für andere! Meine Panikattacken waren meine Freunde. Sie haben mir gesagt, dass etwas nicht richtig läuft in meinem Leben. Alles, was passiert, ist immer nur ein Feedback des Lebens. Und es passiert, damit du lernen und trainieren, dich neu bestimmen kannst.
Ich hatte mich in meiner Ehe total verloren. Überhaupt wusste ich wohl schon sehr früh nicht mehr, wer ich eigentlich bin. Ich hatte mich bei aller Rebellion, die ich in meinem Leben gelebt habe, immer wieder verbogen und angepasst, damit die Menschen mich lieben sollten, weil ich es selbst nicht konnte.
Wenn DU das auch tust, sage ich dir: „LASS DAS SOFORT SEIN!"
Ich sage dir jedoch auch, dass du dir Unterstützung holen solltest. Such dir einen Coach. Einen Mentor, der dich begleitet, denn dir wird ein ganz schön strammer Wind entgegenwehen. Deinem Umfeld wird es möglicherweise nicht gefallen, wenn du dich veränderst. Naja, zumindest nicht allen. Ein paar werden es gut finden. Für wieder andere wirst

du sogar ein Vorbild sein. Das ist jedoch **alles unwichtig!** Denn das ist **alles AUSSEN.**
Wichtig ist einzig und allein, dass du weißt: Du bist **IMMER** richtig, wie du bist! Du bist **IMMER** wertvoll!
Wir müssen nämlich nichts Besonderes an uns haben oder tun, um wertvoll zu sein. Wir sind hier. Wir haben positive Absichten. Das reicht!

Das Zweite, was ich dir mitgeben möchte ist:

Da wo die Angst ist – da ist dein Weg!

Wir halten Situationen oft bis zum Erbrechen aus und verändern nichts, weil wir unglaubliche Angst vor der Veränderung und vor den Konsequenzen einer falschen Entscheidung haben.

Lieber verschwenden wir unsere Zeit im Unerfülltsein, als einen „Fehler" zu machen und etwas zu verändern.

Ich habe ein Rezept für dich:

Wenn deine Angst dich hindert, etwas zu tun, richte dich auf! Dann schnapp dir einen Kugelschreiber und nimm ihn quer zwischen die Zähne, wie ein Hund einen Knochen. Wenn gerade zur Hand, schau in einen Spiegel, damit du sehen kannst, wie schön behämmert das aussieht. Und so bleibst du mindestens 60 Sekunden!

Was passiert jetzt? Also, außer, dass du gerade behämmert aussiehst...

Du sagst deinem Körper, dass du grinst. Die Muskulatur deines Gesichts drückt auf Rezeptoren, die für die Ausschüttung von Glückshormonen zuständig sind. Und dein Körper, bzw. dein Gehirn kann nur eine Sache zu einem Zeitpunkt – entweder Angst haben ODER glücklich sein.

Du schaltest dein Angstzentrum aus!

Und, wenn du tatsächlich mal eine Entscheidung triffst, die vielleicht im ersten Moment unschöne Konsequenzen hat, bedenke: **Nichts ist für immer!** Alles endet irgendwann – spätestens dann, wenn du dich neu bestimmst.

WER DU BIST, entscheidest immer DU!